昭和８年、15歳の頃

仕舞発表会　40代半ば

息子の車で行楽地へ。40代

思い出の地にて。50代

浅草寺観音さまにお参り。80代

母の姿見

光、薫風となって

光野 あまね
Amane Hikarino

文芸社

皆様方のもとで　この本が
心のオアシスとなりますように

魂魄を尽くし渾身の命こめて
幾世の縁なる許多《あまた》の労を
静謐の彼方に吹き払う
日常煩瑣の中に埋もれ一隅を照らす光となり路を濯《すす》ぐ
日常茶飯の行《ぎょう》　家を潤す
その生涯密《ひそ》やかにしてすずやかに旅立ち
かくして空に還りゆく

はじめに

母の記憶について私には単なる自慢、誇りなどから発した心は毛頭ございません。ご理解いただければありがたく存じます。

読者の皆様方にもご立派な足跡を残されているご先代様方がおられることを念の中に置いております。

今思い出すと、母について、時の流れの中に忘却させてはいけないこと在りし日々の振る舞い、仕上げたことなど、厳しい現実に対処し、広く深く、かつ雄渾な気骨を以て慈悲業を貫いた人であったとの思いに至っております。その深い思いに覚醒することもない私共と添い遂げてくれた生涯でした。申し訳なくも厳しい魂の闘いに明け暮れさせた日々とも痛感しております。

日頃から私の不徳にも赦しの情けを以て耐え忍んでいてくれました。至誠に満ち満ちた九十六年の生涯でした。

母は余儀ない事情のため、少女期、成長期から厳しい境遇に〝移植〟されたようでした。過酷とも思える魂を据える場で、最後までその縁がもたらした〝世界〟を負わされた人生でした。この経緯は母の資質、人格、行為が関与するものではないと考えます。最後まで魂の闘いをするしかなく、この域から脱せられず、その人的環境のもたらしたものを引きずって鍛錬の生涯を貫いた人だったのではないかと、私が知り得た少ないエピソードから察するのです。

その人的環境からもたらされる世界は、生家の人達の理解と認識を超えていたようです。あまり人に語らず、涙にくれて訴えるような質ではない（幼少時から泰然としていたよう）母は、傷ましくもその境遇に添い身の内に消化していったものと推測します。事実、母がポツリポツリと漏らした来し方の道の厳しさは、表現するにはつらいもののように感じ取れました。

こんなことが母にはあったのだと、私も重く受け止めたものです。そして母の行《ぎょう》を、当時、触れ合いの縁、社会的縁で関わる人、親族の人達も知る由もなく母が身に負ったことを理解する機会はなく、そのままに生家の人達は往きました。

私が後述する〝鍛錬〟や〝足跡〟の表現は、そうした私達が「見ること、聞くことのできない」、表されてこなかった母の人生、体験に通じる意義と考えます。

「私はあまり愛された経験がなかったような気がするの……」と、ポツンと漏らした母。それは普通に慈悲を受けていた世界からある時を境に、他所に移されてしまった、そこから始まったことでしょう。ここでの愛とは、「好かれる、嫌われる」の意ではなく、人が受ける庇護者からの慈しみの意です。

母がどこか大人びた資質があったにせよ、慰撫を払いのけるような子どもではなかったことは明白だったでしょう。生家から離れた後に味わう母の境遇に、わびしさを感じられずにはいられませんでした。

後に、周囲に表し続けていた世界は前述のそれから遥か遠く、悪しきことを相起させない祝福に満ちた世界であったことを、魂に深く銘記しております。

身を躍《おど》らせて苦境を我が身に引き受け耐え抜いた母の日々であったことに、思い至っています。

唯、ひっそりとたおやかに慈眼を巡らせ、強靭な精神は竪琴のように途切れることなく調べを奏でているかのように……。

結果として、母には常に母親、主婦、そして一家の精神的支柱の役を負わせてしまいました。こうした立場を完遂した人格であり、精緻な日常の実技にあざなわれた世界を作り出した人でした。

私なりの表現をお許しいただくなら「家庭経営工学」という語を当ててもよいような家の治め方、職人技を思い起こすような家事万端での配慮や実技で家庭を築いてくれました。社会的、公共的、世の動きにも手ぬかりのない生活を送り、そうしたことを内に納め旅立つまで黙々と行じました。

今もその香気とぬくもりを波動として感じる私です。

そして五年前、母の現身《うつしみ》は広大な宇宙に帰還致しました。

現在《いま》、私は楽園の中にいた夢のような日々が現実であったことを感じています。

そして、関わってくださった方に、霊感の如くひらめいたという「タイトル」に、私の心も一致してこの本の題名が生まれました。

親御様、ことに母御様を慕う心は人類共通の思いです。

読者の皆様にも母上様への思いは深いものがおありと存じます。

僭越にも我が母への思いを語らせていただくことをお許しいただければありがたく存じます。母は移し替えられた、寒風吹きすさぶ魂の境遇の中、周囲や子ども達に天国を与え続けてくれました。

母を送って、日が立つほどに溢れてくる思い。我が家の系の中で刻まれたその生涯、縁に結ばれた者として観照するとき、言葉に表すことを押し留めることができないのです。お許しいただければありがたく存じます。


ごくありふれた庶民の母について述べる記述が、尊大、傲慢のようにお感じになる方がおられるとすれば、それは私の愚かさ、至らなさ、資質のない無教養から発する未熟さでございましょう。深くお詫び申し上げます。

読者の皆様のご家系、ご存知よりの方々の中にも輩出された、また現在ご活躍のご立派なご人徳高き方々にも深い敬意を示させていただいた上で、私の記憶によるこの記録をご多忙の中、お目をお通しいただくご縁とお心に、心から深く感謝を申し上げる次第でございます。

温かいお心と皆様の貴重なお時間をいただきますことを深く感謝申し上げると共に、皆様の更なるご多幸をお祈り申し上げます。

平成三十一年二月

光野あまね

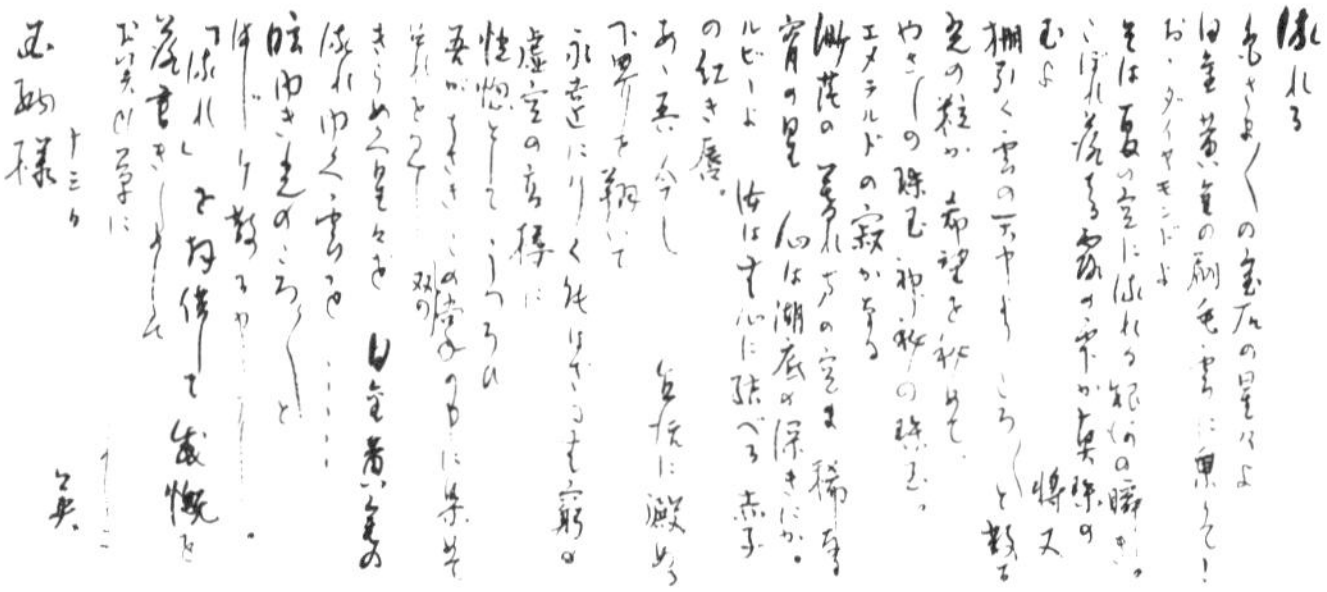

昭和41年、ある装飾品店で行われた特別展示会を鑑賞し、その感想を会社社長に送った手紙。その会社の社内報で紹介された

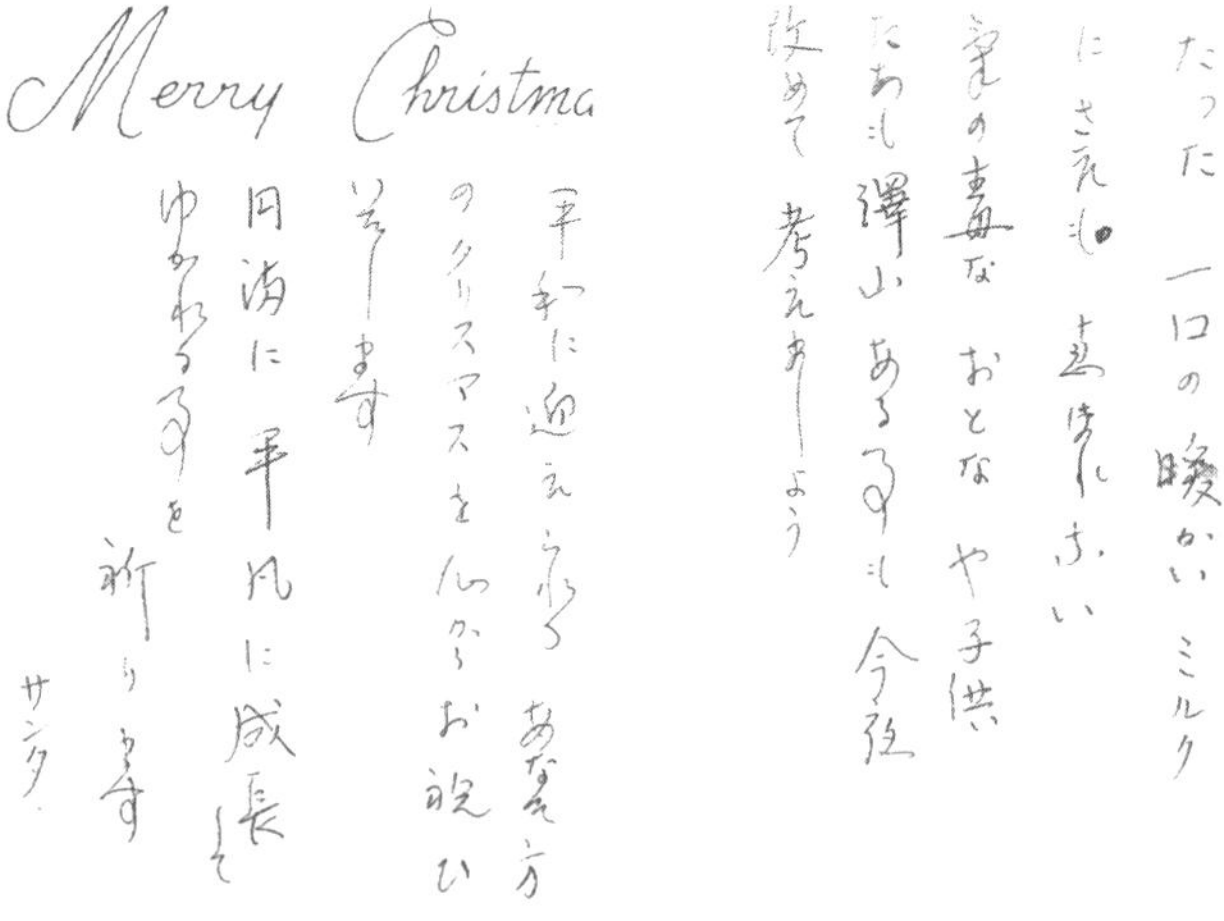

たった一口の暖かいミルク
にさえも恵まれない
気の毒なおとなや子供
たちも沢山ある事も今夜
改めて考えましょう

Merry Christmas

平和に迎える今宵あなた方
のクリスマスを心からお祝い
いたします
円満に平凡に成長して
ゆかれる事を祈ります
サンタ

筆者７歳の頃、母からのクリスマスのメッセージ

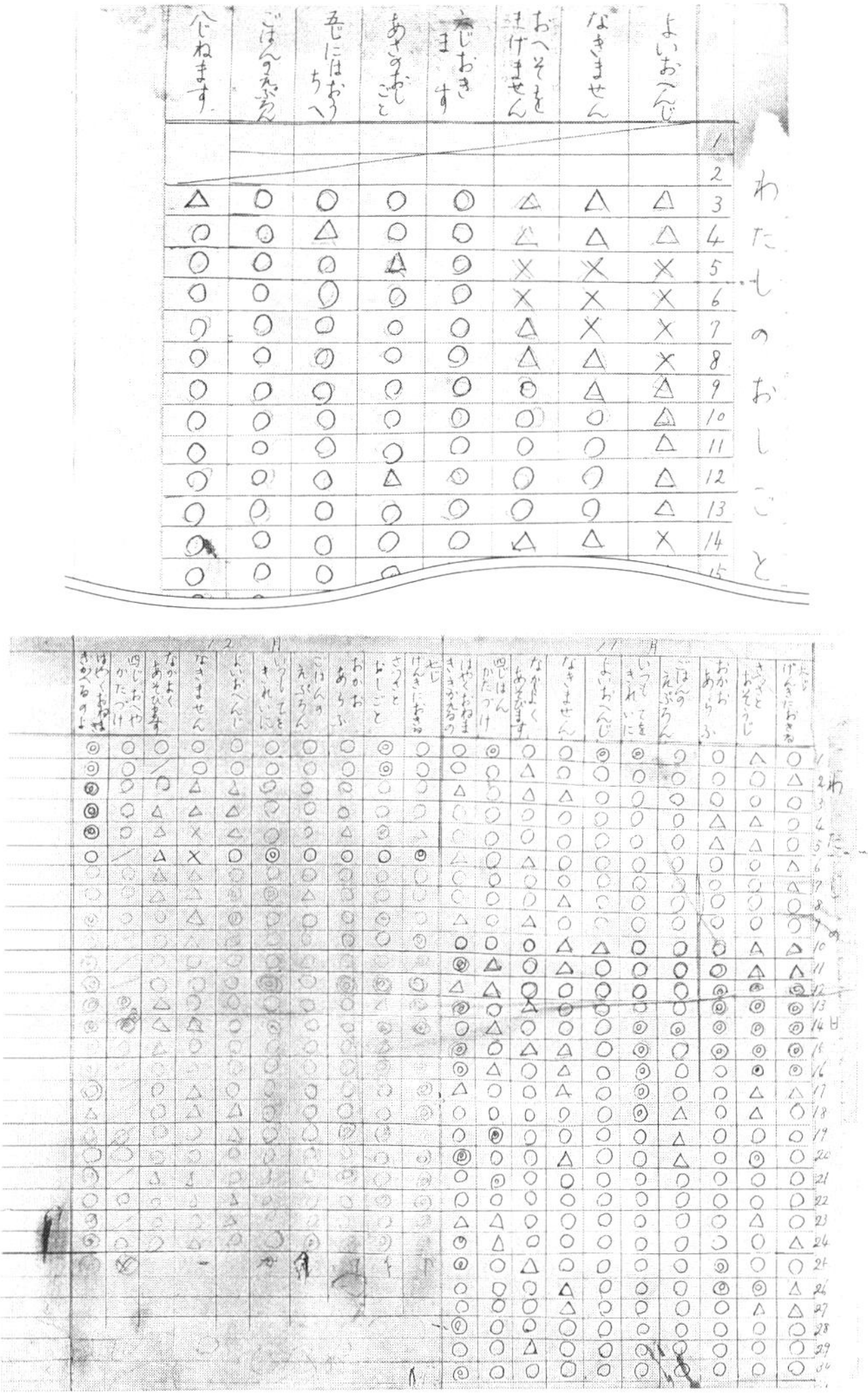

筆者３歳の頃、母がつけていた子どもの「みとり表」

第一七六九八號

卒業證書

邦文科

関根　英

右者本校專科ノ課程ヲ履修シタリ依テ茲ニ卒業ヲ證ス

昭和十三年一月十四日

日本タイピスト女學校

校長　正五位勲三等　櫻井兵五郎

昭和13年、タイピスト学校の卒業証書

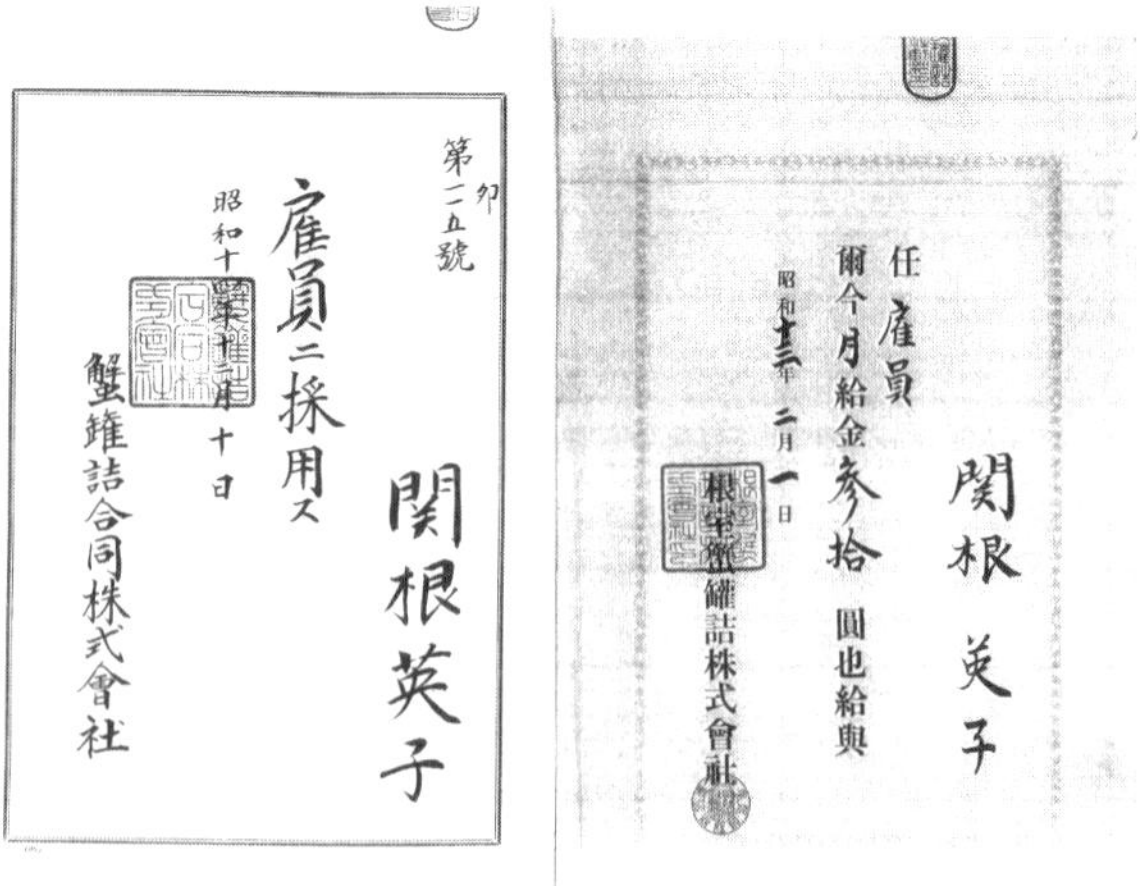

第一二五號

関根英子

雇員ニ採用ス

昭和十[illegible]年[illegible]月十日

[illegible]盤罐詰合同株式會社

任雇員

爾今月給金參拾圓也給與

関根英子

昭和十三年二月一日

根室罐詰株式會社

根室時代に勤めた缶詰会社の辞令

母の句集

母が遺したノートには、数え切れないほどの俳句が書かれておりました。すべては自作のものだと思いますが、中には、母が読んだ本などに載っていて、素敵だと思ったものを書き留めていたものも混じっているかもしれません。もし、そのような句がありましたら、この場をお借りしてお詫び申し上げます。

門ごとに光のどかに春は来ぬ

初春やみどり児は寝て笑ひおり

春愁や次々退院若い人

夜の露地《ろじ》梅が香《か》つきくる風呂帰り

春宵《しゅんしょう》やはずむ足音彼方から

臥し仰ぐ弥生の空は霞みなる

春愁や猫のそのそと横切りゆく

児の頭二つ並んで春うらら

おぼろ夜や路地に幼なの遊びあと

庭の隅《すみ》椿燃えたち春惜しむ

香をたき障子に春の灯影かな

日の庭で春のみ神のかくれんぼ

この道や瞼の垣根沈丁花《じんちょうげ》

花満ちて夕べさみしや帰宅待つ

地平線山波遥か花霞《はながすみ》

郭公《かっこう》や座ぶとん敷きて無人駅

開け放つ部屋中春風陽《ひ》も遊ぶ

幾棹の干物《ほしもの》躍る春の風

明けゆくや春を糾《あざな》う日の光

春愁や路地に吹く風情けあり

蝶一つ庭に遊んで行きにけり

黄紋蝶ひらと窓辺を横切りけり

吉報と花の便りとこの日和《ひより》

早咲きの下で道路の工事人

ひとひらを受けてしずけき並木道

満開を途中で右へ吾が暮らし

花に寝て起きてしばしの浄土かな

藹藹《あいあい》と春の気もやう日昏かな

だっこしてバス待つアンヨ春うらら

初花の一ひら宙に舞い遊び

津々《しんしん》とひと日をこめて花ふぶき

若い人花蹴散《けちら》して駅舎かな

行きずりのしばしは花と吹かれけり

大空に枝を拡げてそよぐ花

大空や花と閑居《かんきょ》とそよぐ風

乾坤《けんこん》に桜《はな》ちりばめて花の里

旭かげ四方《よも》に輝き指し昇る

天地人御代《みよ》をたたえて花盛り

あちらから見ている隣りの紅椿

逝く春や箒目正し並木道

母の許《もと》折々見舞う巣立鳥

葉桜や花は閑《しず》かに土になり

きれぎれに若葉を縫って日が沈む

万緑《ばんりょく》を渡りてそよぐ朝の風

花のあと掃きし並木に風薫る

葉桜や街深閑《しんかん》と日は真昼

顔上げてふと目をやれば青葉かな

丸々と山太りゆく五月かな

一人きてくねの青葉に寝て帰る

静寂《じょうじゃく》と人なき庭や五月晴れ

五月晴れ若き日の歌口ずさみ

目を閉じて只吹かれおり風薫る

学童の湖畔の授業夏近し

長梅雨《ながつゆ》や一人ぼっちをもちあぐね

金銀の俳画の便り梅雨の雨

梅雨晴れる八十路《やそじ》をすぎし主婦なれや

梅雨晴れ間一枝を揺する風もなし

梅雨明けの雷雨駅舎の人溜り

ふと見たる目を洗われる青葉かな

風鈴やすだれを風が弄《もてあそ》ぶ

夏に倦《う》み風が辺りを弄ぶ

蝉啼かぬ夏かとぞ過ごす待つほどに

変遷《へんせん》の身に染《し》む一人蚊帳《かや》の中

過ぎしこと一念三千蚊帳の夢

炎天にひらひらと蝶一つ舞う

啼いた啼いたはげしく永く蝉啼いた

見舞状出さず又来ず冷夏かな

箏の音の渡るひと日や暑気払う

無雑作に髪梳《す》き揚げる暑さかな

炎天下槌音かしまし変る街

道草や屋根に途切れて夏の雲

初蝉と叫んであとの閑《しず》けさや

炎天の声ハタと止む昼餉刻《ひるげどき》

初日影魔《ま》を焦《こが》しつつ天照らす

自転車の声を連ねて夏木立

夏木立ムッと無気味に昏れなづむ

すっぽりと夏至の夕陽にビル燃える

しずまりて奉納太鼓に拍手湧き
盆踊り仕切る鉢巻法被《はっぴ》の娘
盆踊りライトに光る髪飾り
盆踊り巡れば空似の人もおり
輪の散って櫓《やぐら》の上に傘の月
盆提灯伽藍囲んで点点点
散り散りに消えて槽に月明かり

朝風に送られて逝く暑さかな

わが慣《なら》ひ行き来の並木秋近し

ほおずきの芯抜きて昏るる母と子と

露草や空地のすみの小紫

ジダンダを踏んで泣く子や萩の下

陽が昇り露地に遊び場竹の秋

児らの声途切れ途切れに秋の風

あれこれともみじ葉探し散歩道

学童の列の行くらし秋日和《びより》

黄色に苅田を染める夕日かげ

コスモスの朝空高く咲きにけり

落葉掃き日々の客待つ老夫婦

朝戸出の人を見守り天高し

朝な夕な感謝の並木黄ばみ初め

或風に五臓をひたし秋隣り

声あげて歌って散りぬ秋隣り

見えかくれきこえつ消えつ柿若葉

遊び止む日はまだ高し夕の鐘

日が暮れて仔猫のなくや秋隣り

秋草の原一面に朝の露

満天の空のごとしや露の原

兄妹今日は空地のとんぼ追う

短日や露地しずまりて暮れており

店頭に実りの美味の山づくし

道の辺の四季それぞれや草紅葉

街路樹の苅られ箒かれて秋立ちぬ

黄昏《たそがれ》の心もれくる八十路《やそじ》かな

束の間の浄土に遊ぶ日和かな

夕冷えやバスの行く手に陽が沈む

夕映えに火焔の如し柿もみじ

夕冷えの月もつきくる家路かな

帰宅待つ夕べ淋しき時間かな

並木道粛々として散り果てる

かん高い声束の間の寒夜かな

夕冷えの信号じっと待つ間かな

雨戸繰《く》る手に覚えあり寒の入り

誰通る足音吸ひ込む冬日かな

日脚伸び冷たき風も光おび

如月《きさらぎ》や夕日が映ゆる虹色に

母のこと　1

～周囲を益した資質～

どのような境遇でも心豊かに

母は平凡な生活の中でも、いつも品位を失わないよう心がけていました。それ故、質の高い調度、身の回りの道具など、家計が潤った時はより整備された住環境でその恩恵を高いレベルで味わわせてくれました。後年、ある事情でつましい暮らしを余儀なくされた時は快適とは言えない生活に心を切り替え、手数を惜しまず力を尽くしてそれなりに心豊かさを失わない境地に身を置いていました。外的要因の環境に左右される人ではありませんでした。

世の中の動きに広く関心を寄せる

流行を追う人ではありませんでしたが、様々な分野に平らかに心を開いていた母でした。高校野球にも関心を寄せ、選手育成の手だてを学ぼうと監督インタビューなどによく耳を傾けていました。

宇宙のこと、映画、書画、また手腕ある実業家の訓《おしえ》、哲学、神仏の世界から調理のレシピ、工芸分野、その他、多種の情報にも疎い人ではありませんでした。若い頃から、壮年老年に至るまで見聞を広める努力をしておりました。

耐え忍ぶ力量《ちから》

母は生涯をかけて、「代受苦」を担ったのだろうかと思うことがあります。現在《いま》、しきりにそんな想いが湧いてきます。周囲は母の雅量、人格の大きさを測り知り得ませんでした。

母にとっては私達の未熟さ故にその本質を理解されず、心を共有できないもどかしさがあったことでしょう。

一言に尽くして言えば我慢強い人でした。

このような言葉を漏らしたことがあります。

「私は、辛いことを心の底に収めて魂を浄化・昇華しているような顔の表情例えば、能面のようにすべてを湛《たた》えた顔になれたら……、そう願って精神を磨いていけたらと思っているのよ」

母が壮年の頃、そんな述懐をしていたことを思い起こします。

不測の事態に備え日々心がける

母は人生の大半を主婦として力を尽くしてくれました。

報酬、給与をいただく働きの後に、結婚し、やがて家の陰の大黒柱となりました。卓越した経世の才と万端の働き手として、家庭管理、経営手腕を遺憾なく発揮し、夫の給与で充分賄い日頃から蓄えを心がけていました。生活に潤いを枯渇させることもなく衣食住、心の支えとしても存分に家族を満足させてくれました。内職が主婦の間で流行った時代には、内職の手仕事を子どもと共に楽しみながらこなしていました。

そして自分のこと身の回りのことには慎み深く浪費せず、当時主婦が追いかけた家電製品も頼みとせず手仕事できちんと収め、用具の整備もよく行き届いていました。

今思うと誠に健気《けなげ》で賢い主婦でありました。

株式ブームで湧いた時代は株式投資運用を学び、機を見定める資質まで高めその時宜に適う運用を以て、家の改築、環境整備など、成長期の子どもへの心遣いや記念の贈りものにもあてていてくれました。余裕ができた時期は、自分の教養を高めることを心がけていたようです。家族の一層の幸せ、向上を願い前進する推進力の役割を果たしておりました。

どのように工夫し算段したのか、その後の不運に巻きこまれた不遇時代には、手元金を運用して経済的な支えともなっていました。

母の祈りの波動と実践は、幾多の奇跡を起こしてきました。

もし職場を得てじっくり身を据える縁があれば、社会的にも貢献し、世を豊かなオーラで包む人になり得たかもしれません。現実は、この家の人柱の役を負わせてしまったのかもしれません。

株の運用で家を盛り立てる

私が中学生の頃、母は元手となるまとまった資金を持つ身分ではなかったと思いますが、働き手（父）から受け取った月々の給与で堅実な家計のやり繰りをする中その余剰分を元手としたのでしょうか、当時、株式投資ブームの時代でもあり証券会社のアドバイスを受けながら、株式投資を始めました。絶えずラジオを傍らに株式市況を聞いていたものです。今思うと、相当勉強していたのでしょう、私が家で過ごす間も母は絶えず状況把握に努めていたと私は記憶しています。

また証券会社主催の講演会、説明会、相談の会合によく参加し見聞を広げていました。その努力の結晶として家を二階建てに改築し、より上質な家具や調度品、そして私にまで三越百貨店で晴着一揃い小物も含めて誂えてくれました。私が十五歳の頃でした。

母は株の売りタイミングも見事でした。ニュース、株式市況、会社の情報を活かし、株価の下落する前、まさに機を逃さず利益を失うことなく運用を全うしたのです。明敏な経世の才で、活きたお金の使い手でありました。

現代で言う〝かなりデキる〟人でした。

佃煮

母は幅広く見聞した情報や、人々との会話で得た知識を活かして、レシピをあまり頼りにすることなく料理の腕を磨いていました。多種多彩な献立は心温まる味でした。

往く三年ほど前にも手作り佃煮を味わわせてもらったものです。地元では手頃な扱い店がないので、バスに乗ってまで材料を揃えたものです。

昆布を三センチ四方ほどの大きさにカットして煮込み、火加減に注意して砂糖を少量加え、生姜を薄く細かく刻んで加え、仕上げた昆布の佃煮。

じっくり煮込み味を仕上げました。調味料、火加減、時間など心入れは深く、仕上がりは黒光りする照りの冴えた深い風味豊かな味になっていました。噛みしめて感動した記憶があります。

「お母さん、これ売り物になるよ。プロが作った佃煮にひけをとらないわ」

と、ためらいなく言ったことを思い出します。

調理の作業。切る・漬ける・煮る・蒸す・焼く・味つけ、それら技の中に神髄に触れる世界がありました。最後の手作り佃煮の風味を、私は生涯忘れないでしょう。

神髄

五十年ほど遡るでしょうか。

その頃、母は生気に溢れ、比較的穏やかに過ごした時代でした。主婦としても腕を振るう日々でした。

当時、あるご縁で、母は「謡・仕舞」の稽古に通い始めました。熱心に取り組んで上達も早いようでした。門下のお稽古でより上級のお題を与えられたとか。家には謡曲の本が少しずつ増えていきました。

数年経たある年、発表会に、先生は「海士《あま》」という演題をくださったようです。

物語の筋は、主から、秘宝の奪回を託された海士とその孝子の物語。つけ狙う者から宝を護り子のことを思案のして苦しみを負う海士は、おのが身中、そこに宝玉を納め、命を犠牲にし、その先のストーリーだったようです。母は自室で熱心に稽古しておりました。

その頃の母の顔は、とても澄んでいるように感じました。そしてその表情はますます清澄さを増していきました。

しかし四、五日すると、相貌からすっかり生気が消え顔が薄白く見え、そのうち、庭で書類記録ノートなどを燃やし始めたのです。

「私、なにか往くような気がする」

呟いた母の言葉はひっそりしていました。不安が過《よぎ》り、私は、演目の内容が母のこの状態に関わっているのではないかと閃きました。

　私は即座にこのことを母に伝えました。納得した母は、先生にありのままを電話で話し、先生はよく理解されたようでした。

「あなたは、このお題をやめた方がよいでしょう」

　後日、先生が話されたそうです。その道の上手、名人になるほど、演目の内容の「気」に呑まれるごとく、また、演じる役の霊妙の「気」が乗り移ることがあるらしいとのこと。ある能役者が、舞台で演じている最中の出来事の例もあるとか。

　その後、母は平常の姿に戻りました。それほど芸歴を積みその芸道一筋に過ごしていたわけではないのです。唯、熱心にその道に励んでいたのです。

　それほど、何事にも真心込めて純粋な念で日々生活する人格でした。

温かい声かけで人を慰める

　母は日々雑用に追われるときでも、近しい人達や、時折用事で立ち寄る人々、配達する人々、近所の方、子の友達に、誰かれなく穏やかに包みこむように接する人でした。

お茶のもてなし、寒い時期には温かい飲物、たまたま煮物をしている時であれば少しでも味見してもらうようにすすめ、それが発展して部屋での楽しい談笑の一時となったものです。

「勉強になりました」、「良いことを聞かせていただきました」、「元気をもらいました」、「楽しくゆっくりさせていただきました」など、気持ちよくお帰りになる方が多かったように思います。

ユーモアを解する

母は心豊かな人でした。自らジョークを発して、人を笑わせたりするタイプではありませんが、遊び心を充分持ち合わせ人情の機微に触れて味わう資質も豊かでした。人と会話を楽しんでいる時、真面目なお相手方が皮肉屋の私のブラックユーモアを解さず反応のない時も、母はクスッと笑ってくれました。

ユーモアを解する心は、対話の相手や話題を提供した方の心をもてなすことにも通じるのではないでしょうか。

母との対話で会話のお相手は、いつも満足感、充足感をもってお帰りになっていたと思います。

お洒落《しゃれ》の感化

当節風潮は変容しましたが、母が高年の頃、年輩老齢の婦人方は慎むように派手な色合いのもの、彩色豊かな柄、明るいイメージの装いから遠ざかっていたように感じます。なるべく目立たぬように地味に装う人が多い時代でした。

外国の老婦人が、花飾りのついた帽子や花柄のピンク色のドレスや可憐な趣ある装いを楽しむ映像に触れ、私は心和《なご》む気分を感じたものです。

母はお洒落でした。その頃の常識でいうところの、「年甲斐もなく華やかな装い」を楽しむ女性でした。

決して高額で贅沢な洋服を買い漁《あさ》るわけではなく、分相応の生計の分別の中で、誰にも迷惑かけるものではありませんでした。どれもよく用に合わせて着用し、しかもいつまでも新品の風合いを失わせず傷めることもなく納めていたので、衣類がたまる一方でした。

そして周囲の者、目にした人達の多くが、不思議に活力をもらって若やいでいくように感じられました。

　また、このようなことがよく起きました。散歩や用事の時よく出会う女性、家の近くで見かける女性、顔を合わせるお宅の方など、ご挨拶言葉をかけ合う近所の方に、ある変化の感じられることがありました。髪型を変えるようになったり、普段あまり化粧気のない老齢の方がうっすらと化粧をしてほのかにアイシャドーをさしていたり、また口紅に縁のなかったような方が赤く紅をさすようになったり、無雑作で装いに関心なさそうだった女性が「あらっ」と目がいくようなブラウスやスカートを装う変化を見せたり、スラックス姿しか見せなかった女性がミニスカートで歩いているのを見かけたりと、母と声を交わす女性方が何か変わっていくのです。母も私も、そのような女性達の変容を微笑しく感じることが少なくありませんでした。

　ある時期、近くでよく会う婦人がいました。母はその年秋の深まる頃、マント風の上着や紺の巻きスカートで外出することが何回かありました。ある日、その婦人が、洒落たベージュ色のマントとフレアスカートというあまりお見かけしない装いでお宅の前に立っていました。

「あら、ステキ……」と母が声をかけると、中年のその方は若々しい表情でこう言ったのです。

「若い頃、着たものなんだけど、思いきって着てみたの。何だかふと手を通してみたくなってネ。どうかしら……」

周囲の女性達が気分を入れ替えるように、昔のお洒落をもう一度楽しんでみたいと語り輝いていく様子を、私は嬉しく眺めたものでした。

スポーツ中継観戦を楽しむ

休日にゴロ寝して、好むスポーツの実況中継を楽しむ人が増えているようです。

母は家で暇をもてあます女性《ひと》ではありませんでしたが、世の流れにも疎い人ではありませんでした。相撲、野球、サッカー、時にはバレーボールの実況中継も楽しんでいたものです。

野球はホームラン、盗塁、ボールの受け渡し、遠く高く飛んだボールを、走りこみ、身をしならせキャッチする選手達の妙技を、小さな歓声を上げて観ていました。相撲については、取り口や好ましくない立ち合いの場面があると不快感を示し、土俵上のマナーの良い力士や小柄な力士が技を駆使する潔《いさぎよ》い闘いを賞賛していたものです。

観察眼も働かせていました。サッカーは日本で行われたワールドカップを機縁として、チームの連携プレー、足技、ゴールキーパーの捨て身の妙技、フォーメーション、選手の手に汗握る動きのパワーやキックなどを、解説を聞きながらスポーツの核心に触れて観ていました。身体までプレーの熱気に動かされながら観ていたことを思い出します。

卓越した計算力

理数系の資質も高い母でありました。洋裁、和裁、特に編み物は個性溢れた工夫があり高度な技法を駆使し、デザイン力は優れていたように思います。

婦人講座、区民講座などでローケツ染、絞り染、カゴ作り、工芸品、日本画なども楽しみながら合理性を活かし、手先の器用さを以て巧みに作品を完成させていました。

また若い頃は、当時盛んだった主婦の内職もいろいろ手がけ、よく手技が生きていました。どれもピシッと決まっていた記憶があります。又、新聞や写真、広告のさし絵、切り抜きを絵画のようによく壁に貼っていました。壁面の空間的なバランス配置を考え、位置、縦横をうまく収めていました。今でもそれらは家中に潤いを与えています。

創造的エネルギー

母には天地と一体化したほとばしる気のエネルギー、そして独創的アイディアと広やかな抱擁力が共存していました。子ども達に作った洋服は多数あっても、一つとして同じデザインのものはありませんでした。

子ども達が巣立っていった時代、ある日テレビで美しい景観の名所の紹介があり、そこで俄に思い立ち新幹線で京都まで向かったことがあったようです。そして感動を表す俳句ができました。

高齢となるにつれ足腰をいたわって思うままの散歩をしなくなってからは、漢詩「長恨歌」を愛読し暗誦すべく読みあげ、晩年までそらんじる努力をしていました。

いさかいから身を遠く

自己主張の時代です。それがいさかいを生じさせることもあるものです。

母は克己心のとても強い人でした。心身の統御は精練されておりました。理を説いても対話の成り立たない相手、意を尽くしても見解が対立するやりとり、また平静に意志の疎通が図れないときは、それ以上押し問答にならないように対処していました。

母は別室で心を静かに治め、言葉も腹中に収める忍耐に努めていました。我執の強い者達に無念の思いを呑んだのは幾度ありましたでしょうか。誰にでも真似のできることではありませんでした。

母は、情けない思いをどれほど呑んでくれたことでしょうか。

未熟な私は、さぞ辛い思いをさせたことでしょう。

敬服に値します。

妄言を吐かない

人はそのときの勢いで、きつい表現の言葉を吐いたり、意図せず浅はかな行動に出てしまうことがあるものです。母は相手から不快な思いをさせられても、あまり言動を以て対抗しませんでした。決して感じないのではなく、精神が成熟していたのでしょう。愚痴、溜息、鬱憤晴らしを思わせる言葉の表現は殆んどありませんでした。

気ままにさせてあげられなかったと思います。甘えられる相手、母を包みこむ器の大きな者が近くにいなかったのでしょう。

もし、気ままに伸び伸び言動を表す母の受け手になり得る器が母の側にいれば、母も時にはやんちゃしたかったかもしれません。

易で導く

私は二十代の時興味本意で易の先生のところに通ったことがありました。こういう世界の一端に触れるのもよいだろうという程度でした。

「九星」「木火土金水」の各象位から自然の運行、巡り、変化の法則を知り諸々の事象、表象、徴などの組み合わせ、動きの変化、発展、機とその運びなど易のいろいろな卦から示唆を受ける学問のようですが、私はノートにメモしたレベルに留まり深く身についたものではありませんでした。それは大変深い学問でした。

母も少し遅れて通っていましたが、漢学・易学を修めた先祖の血を受け継いだのか興味を深め、熱心に勉強しておりました。しかし先生の健康上の事情があって、一年間を待たず勉強は中断されました。

それでも母はその後、学んだ内容を頭脳に収め生活現実に活用して、母本人のことだけでなく家族の課題を考えて思案する際、状況を分析し熟考し対処の手引きをしてくれました。易の学習効果を活かす資質がありました。

家族が思案するテーマに対しアドバイスがあり、具体的には、関わる相手との相性、決定前の考慮すべき要点、可能性の見通し、決断の時機、行動を控えるべき事柄についても、大変指針となる役割を果たしてくれました。

先祖から受け継いだ整った頭脳を縦横無尽に働かせ、且つ、実践力・実戦法を思わせる活眼を以て家族を導き支えてくれました。希有な母であると共に、先達でもあったと思います。

ヨン様に感動

もう、十年以上前のことになりますが、世は「ヨン様ブーム」で湧きに湧きました。韓流ブームの到来でした。

私は「冬のソナタ」のうわさを小耳に入れ、何となくテレビのチャンネルをひねるようになりました。当時は夜遅くの放映だったので〝熱烈なファン〟としてドラマを観ることはありませんでした。

あるとき、たまたま目に入ったヨン様の映像に心清められる感動を覚え「とてもすがすがしいと評判の韓国スターが出ているから、お母さんも一度見たら」と別室の母に声をかけ共にその〝貴公子〟を観たのでした。そしてヨン様の相好から、私達は波動さえ感じるようになりました。

母は年齢からして若い俳優に熱を上げる人ではありませんが、ヨン様との〝出会い〟は

予想外でした。そして、

「この人を見ていると、まるでオーロラの光がふり注いでいるような気持ちになるネ」と語ったのです。

それからは「ヨン様が出ているよ！」と声をかけると、すぐに「どれどれ」とテレビの前に座ったものでした。

このブームの中、初来日したヨン様は、ある会場のステージ上に姿を現しました。

お目見えの〝儀式〟で選ばれたラッキーな女性がステージに上がり、ヨン様にハグされました。そのうっとりする映像が流れました。すると、母から予想もできない言葉が漏らされたのです。

「ヨン様に抱擁された女性《ひと》、幸せだネ！」

「ハイッ！」と受ける心の姿勢

どのような場面でも、呼ばれて即座に「ハイッ！」と対応するのは決して容易なことではありません。

何故か、この態度が大好きだと母は常に言っておりました。母の生きざまを重ね合わせると、それが大変奥深いことを含んでいることに気づかされました。ハイッとすぐ立ち上がることは、何でも受けて立ち、精神的大業を果たしていた母の「道」に結びつくものだからです。

表に光り輝くことなく、共にある者を浄化してくれた母。

その人生に織り込まれた世界は量り知ることができないほど、示唆に富んでおりました。ここではその全容に触れることや表すことは不可能ですが、日々暮らしの中に消化していた偉業を重ねると、私はその意義深さに立ち尽くしてしまうのです。

流れる歌声

私も老齢に向かう中で、不思議に母の歌声を耳にすることが多くなっていきました。

メゾソプラノの穏やかで透明な歌声は、どの部屋に居ても、風にそよぐリボンの如く流れて家族の耳を潤してくれました。無粋な私よりより高齢な母の豊かな歌声で、何と私達が慰められたことでしょうか。

幼い頃、姿勢が良く行儀良さも身につけはっきり発声する子どもだったのでしょう。来客があると、よくお客様の前で唱歌を歌わせられたそうです。

高齢の日々には、「浜千鳥、浜辺の歌、迷子の小雀、おぼろ月夜、花嫁人形、里の秋、たき火、月の砂漠、村の渡しの船頭さん、早春賦」など童謡、唱歌をよく口遊んでいました。

指先をきちっと揃え姿勢正しくキッと顔を上げ、来客や大人達の前で歌ったであろう幼い日の母の姿を、生家のその父や兄弟と写った写真の姿と重ね合わせて思います。

私達の知る由もない母の歩んだ道に、なぜかたまらなく懐かしさを覚えるのです。

宇宙の気の中で

母は特定の信心や宗派の門徒ではないのですが、日々写経や読経に親しみ、祈りの時間を秘かに持ち、聖書の聖句にも沿う規範の内にあったように感じています。

旅立ってから、母の日々の生活ぶり、振る舞いが聖句に示されている玄奥《げんおう》に通じていたことに思い至りました。

また箪笥の背面、団扇《うちわ》、調度の裏板などに、般若心経がしっかりした筆致で写経されており母の祈りの形として残されています。

それだけでなく、中国の古典思想にも心惹かれ、漢詩に深く関心を寄せておりました。壮年の頃から学びたいとの意向があったようです。中国文学の講座は庶民にはあまり機会がなく、ラジオの「古典講読」を熱心に聴いていたものです。

漢詩を通して仙境の世界にも心惹かれていました。老境に達して母は会話の中で、「仏様」という言葉をよく発するようになりました。高齢に及ぶや、〝神仏のお心〟を身に帯びる心境が更に深まっていったように思い起こしています。

今、思うと宇宙の本源に身を委ね、同時に瑞々しい人間性も溢れんばかりに湛えている人でした。

人を責めない

母は様々な体験をして達観の境地に至ったのか、五十代後半から、相手に対して充分な説得力を以て意見や見解を示すようになりました。

雅量を以て諭すように、相手と添いながら相互理解ができるよう努めていました。身内ながら、美しい語法に敬意を覚えたものです。

忍耐強く導くことに腐心したのではないでしょうか。どこまでも人生の〝後輩〟へのガイドに徹したのか、もったいないことでした。それほど、度量人格が大きかったのか。周囲の存在がよほど未成熟、不見識、不心得だったのか。

その上、問い詰めて相手に恥をかかせるようなことはしませんでした。

母の偉大さに、私は甘え尽くして分際を弁《わきま》え知ることを怠っていたのだと思います。

母は、どれほど度量が大きい人だったのでしょうか。

失望しても絶望しない

母の人生は浮き沈みのある厳しいものであったと考えます。

努力精進を怠らずひたむきに生きた日々、良かれと願い力を尽くしても、思うように進展しないことが多くあったことでしょう。人生は大方の人々がそうであるように、苦難を味わいつつ、生活を築いていくものだと自分を律してきた生涯であったと思います。

そして魂の大きな人でありました。常日頃語っていた言葉が、耳に残っています。

「辛いこと、心を重くすることがあって、失望させられることがいろいろあるのが人生よ。でもネ、私は失望しても、絶望はしないからね」

「きっといつかは」と、母は長いスパンで人生の後輩達を今も見届けているように感じています。魂は今も……。

晴女

人にはその人特有のオーラがあると言う方がいます。

霊視のできる人は、人それぞれ心の特質を表す色の光が見えるとか。母は前向きな心を持ち、明るく清い心情の人でした。悪念を根に持ったり、濁り目で世（人の心）を感じたりする人柄ではありませんでした。

母が出かける日は、前日が悪天候でもその日は晴れ渡り、また午前中は雨模様でも、午後には快晴になるようなことが多かったようです。とにかく晴天の「機」をよく掴んでいたのか。

この母の天候の〝ツキ〟には自然に、人の周囲に及ぼすオーラや、天然現象と相呼応する世界があるのかと感じさせるものがありました。母は情報を耳にして気象状況を事前に把握し、それに合わせて外出を計画していたとも考えられますが、そのことと理《ことわり》を別にして、プラスの清明のオーラを放射した人なのでしょうか。

好き嫌いしない

食事は「儀式」のひとつとも思っていた母でした。

また、片寄った嗜好もあまりない人でした。

細身で胃腸は活発に働く質ではありませんでしたが、油物ダメ、肉全くダメ、酒類ダメという無粋な質ではなく何でも嗜みました。ワイン、ビール、日本酒もごくごく少量ではあるが、味の分かる人でした。

私たち子どもの成長期には、手を替え品を替え、いろいろな肉料理を食べさせてもらったものです。すき焼き、ハンバーグ、トンカツなどまた、グラタン、カレーライス、ハヤシライスなどの洋食、炒飯……。和食はもちろん、多彩な献立を味わわせてもらいました。

パン食でも、いろいろ工夫してモダンな献立にしてくれました。母自身、食事への感謝の心が根底にあったのではないかと思います。

高い職能と社会貢献

若い頃、母はタイピスト学校で学び、根室のカニ缶詰会社の社員として採用されました。仕事熱心研究心旺盛な母は技能を買われ当時、女性としては報酬は高く期待に応《こた》えて、充分に務めを果たしたようでした。タイプの打ち方・書体・段落・字の組み合わせなどを工夫して、意欲的に様々な技法を駆使したようです。

東京の本社でも「根室のタイピストは腕が立つぞ、タイプの技量は凄い！」と賞賛されたエピソードを時を経て知りました。その職能の高さは本社支社含め、勇名を馳せたものであったようです。

家事にも社会的、公共的な精神を以て努めていました。

特に台所は「職場と思って」との、私達にはもったいないほどの自覚を負う営みがありました。

緻密な頭脳

母は少女時代から成績は群を抜いていたようです。学者の資質を受け継いだのでしょうか。

母として、私達がその膝下にあった日々、母は身心を鍛えながら穏やかな心で、しっかり育ててくれました。数理の才高くもの覚えもよく基礎学力に支えられ教養高く、私達の学業に十二分に教育力を発揮して導いてくれました。

文字もきちんと身につけておりました。子どもの学習の導き（昨今の世相のようではなく、先生方と交流していました）のみならず家事万端、プロの手並みで家庭を納めてもらいました。計算能力は高く、子ども服を仕上げる事も頭脳的でした。

布と糸の扱いの難しいスモックという技法で飾った弟の幼児服をうっすらと覚えています。

後年「よく、こんな手の込んだ仕立て……スモックの糸の縫いこみ方どうやって縫ったのかしら」と、母は自分でも難しい仕立てをしたものだと述懐していました。

梅酒、アロエ酒、にんにく酒

母は家族の健康に多大な貢献をしてくれました。消毒のために用意した梅酒を薄めてうがいにも使っていました。漬けた年月日、使い始めてよい年まで、瓶に紙を巻いて記入していたものです。

アロエ酒は、私にとってたびたび指先の切り傷の回復に役立ってくれました。母は「これは、切り傷用にもいいのよ」と活用させたものでした。日常、これらはうがい薬としても家庭で治療宜しく重宝させてもらいました。

母が亡くなった後で、台所の整理をしていた時、床下保管スペースから、にんにく酒まで出てきました（これは自作のものかどうか定かではありませんが）。試しに薄めて一口味わうと、それほど飲みにくいものではなくこなれた感じでした。母は誠に今でも尚、私達の命の支柱なのです。

お世話になった方を終生忘れることなく

家族や母自身がお世話になった方、お医者様など人生の織り成すご縁の中、特に感謝の念を厚くする方にはよく礼を尽くしておりました。季節の折々にお相手の心慰めとなるよう美しい便箋書簡を心がけていたようです。

つつがなく暮らしておられるかという手紙と、また、喜んでいただけるような品選びにも気を遣い、労《いたわ》りの心に満ちていたように思います。

お相手の方は喜んでくださって、母もご丁重なお便りをいただいていたようでした。

どのようなことにも順応する

母は生涯を通じて、様々な境遇を体験した人でした。その生涯はエネルギーを燃焼したことでしょう。

あっけらかんとしてあまり語らなかった闘い……。どの時代も（幼少期・若年・壮年・

高年・老年・晩年）課題にぶつかりながら、知らぬ間に乗り越えてきたように物事を受け入れる消化力は抜群であったのか、今思えば、家系の支柱の如く陰の力に徹し、恩に着せることなく多大な貢献をしていたのだと思います。

外から見れば、過分にも思える充足感を与え続けていたと思います。高齢に届いても介護認定には、身心が、ある意味堅牢で、手厚い介護はそれほど必要と見なされませんでした。「お母さん、あまりテキパキ元気に動くところ見せないようにした方がいいよ」などと私が注意する始末でした。私達がどこまでも親不孝をしてしまったように、周囲に負担を負わせず、頭脳意識とも見事な晩年期でした。この無量の精進の故に私共は支えられてきました。

しかし、老年から人知れず忍の限りに労苦を包み込み他に感じさせなかったのではないかと心が疼きます。

母に自分自身を放下させ甘えさせるほどの大きさを私達は備えず、母には最後に至るまで、そのスケールの大きさの中に包まれ続けた二代目でした。

不安不備事故のもとを防ぐ

日々の生活の中で注意を払っていても、誤りや不備を全く犯さないという訳にはいかないものでしょう。

母は日々怠りなく、点検、修理、身の回り品に不備が生じた際は補い、周囲に目配りして家族の安全な暮らしに尽力してくれました。

不快な気持ちを誘うようなこと、悪いことが発生しないよう、生活上の不足に陥らないよう常に見直しも心がけていました。

家庭の心柱として、その働きは、心身倦むことなく実践されたものでした。数十年前、まだまだ不便な時代は、労力に負う手間のかかる時間の積み重ねであったことでしょう。私達が幼少の時代は当時の大人は皆同様に過ごしたことでありましょうが、日常、労働の負担は軽くはなかったことでしょう。

しかし母は、高齢になっても身を美しく正し、誠に勤勉でした。周囲に手間をかけさせない、かくまで鍛練する「人間」としてのプロでありました。

母のこと　2

～心がけ～

どのような状況でもそこから学ぶ

母は自分より若い人達、社会のいろいろな場面で私達を支える仕事をしている人々、そして私のような未熟者からも、何かヒントに思い到る点があれば応じてそれを実践していました。

後年、公共料金の節約のため省エネを意識して、私が、つい漏らす言動にも大変協力的に対応してくれました。水は流し捨てずに、桶、バケツにとって使い回し、ガス、電力の使用にも腐心して元栓の安全点検、蛇口のつまみをひねることさえ余計な力を入れて器具を傷めないよう、神経を使って家事をしていました。それらが自然に身についていました。

手間、手数、労を惜しまず、実践する日々の貢献に頭の下がる思いでした。

母が面倒がらぬ気質であったとはいえ、負担を身に引き受けてもらったことに対して私は本当に申し訳なく思い、感謝しています。

手当治療

母は、私の体調が思わしくないとき、又周囲の者が疲れているときなどよく手当をしてくれたものでした。

しみじみと癒しを感じさせてくれる心地よいものでありました。

勤めをしている私もそろそろ老齢に届く頃、元気が失せている時期がありました。腰痛を抱えていました。

母はそんな私を見て何かを感じたのか、ある朝、出勤前の私に「こちらに来てごらん」と手招きしました。私は玄関に向かうところでしたが母は「頭がスッキリしないときはこれが利くのよ」と、手を私の頭頂部に置いたのです。

とっさに、こんなことまでさせてはと振り切るように身を退こうとしましたが、母は手当の体勢に入ってしまいました。しっかりと温もりのある手を当てられ、すでに身体をずらす余地がありませんでした。

申し訳なくも、もったいないとも思いながら、私は活気を注がれる治療を受けたのでした。

不敬な表現ですが、新約聖書の中で、イエス・キリストが手を当てて人々の疾病や不治の病を癒されたことを、思い起こしています。

社会の一員として

母は、物の品質を観察し、生産者、働き人の労苦に思いを馳せる人でした。買い物の後レシートをきちんと残し、必要が生じれば店に消費者としての意見を伝え忠告することもありました。

店員のマナーに問題があったり、品物の不備や生産者の表示や品質の管理、販売の心得に問題があると感じたときは、店に電話するとか責任者に伝えるなど手間を惜しみませんでした。またその一方で、好ましい対応、行き届いた扱い、消費者を大切にする生産者や店の努力を感じたときは、すぐ感謝を伝えありがたさ、良い心がけ、マナーの美しさを称賛していました。文句や注文をつけるだけの身勝手な消費者ではありませんでした。世の中がより良く健全な社会に漸進することを祈る心から出ていたのでしょう。

また、家族に言い含めていたことですが、母は家庭を社会の一部とも考えていました。家庭は公共の場でもあるとして、一人で我が物顔に一室を占拠して勝手に使用すること（子ども一人ずつに個室はなかった時代）や、親子、兄弟間でも慎むことなど注意したものです。

一例として、思春期の子ども達の私的メモ帳・ノートを、その不在の折に盗み見することはしませんでした。親の立場で、なかなかできないことです。

無論、母は子どもの行動に関心を持たない放任主義ではありませんでした。

人からいただいたものを終生大切に

母は他人《ひと》様からのご好意、贈り物に感謝の心厚く、品物に対してお心も大切にしました。くださった方のお心の表れとして、生命を慈しむよう扱っていました。

そのように五十年以上前の食器など、傷つけないように丁重に扱い愛用していました。使わせていただくことで、更に奥深く記念としていたようでした。その品物についてのエピソードもよく聞かせてくれたものです。

何かするとき、相手が心から喜ぶように

母は何事にも、例えば食事やお茶の用意の折、喜んでもらえるように好みとする味を感じてもらえるように、こうしようああしようと工夫していたものです。

それ故、私達の食膳には、それを前に楽しく食する家族の幸せを思い浮かべた母に拠る品・材料選び・味つけ・調味料や献立の工夫がありました。家族は日々、至福を無意識の中にいただいていたのです。

生活を整然と秩序あるものに

身繕いから家の内外整備生活環境の点検など、すべて清潔で乱れがないよう心がけのよい母でした。日用品の手入れや修理、調理器具や簡単な部品修理など、メモをよくとって記録を残していました。

実に多能な女性でありました。こうした日常は共に過ごした家族として平安な充足感に

満たされており、しかも、ありがたく思う意識さえ覚えず当たり前のことのようにいただいていた、母からのもったいない贈り物だったと思います。

食材に感謝を込めて

買い物から帰って一息つく間もなく、母は手を休めず動いていたものです。野菜を傷めず保存が利くように紙で包むとか下洗いして濡れ布巾で巻くなど、魚は生姜醤油で下処理して新鮮で香りを失わぬうちに食すよう、心がけていました。

そうすることは、自然の恵み、産物、そして生産者など関わっている人への感謝と敬意の表れだったと思います。「香りのあるものをまずくしていただくのは材料に失礼よ」と、よく言っていたことを思い出します。

悪意に対して仕返ししない

世の中にはいろいろな性格の人がいます。善意の心で接しても、その人の解釈からか不快な思いをさせられることがあり、人の心の有り様を学習させられるものです。

時としてマイナスイメージを持たれ、悪意、迷惑行為を受けることやあまり願わしくないことに遭遇することもあります。

しかし、不快な仕打ちを受けたとき、その時の勢いで仕返ししたくなるような思いが、どこか潜んでしまうとき、母は戒めとしてこのような考えを持っていたようです。

「仕返ししようとすることは、その人の低いレベルに自分を当てはめてしまう。だから仕掛けられても、仕返しすることを当然と考えてしてはいけない」

その通り！　でも難しいですね。

絶やさない記録

母は「子ども達の幼児期育児・成長期の記録、それらの写真、家庭婦人誌の情報、日記、家計簿、注意書き、新聞の切り抜き、広告の参考メモ、本の紹介の切り抜き、洋裁製図、型紙（洋裁学校で学んだ）」などをずっと保管していました。

後年は、散文詩、俳句、短歌、新聞（日毎の、日の出日の入、気象、天気予報の掲載欄を毎日切り抜き綴り合わせ二年間保管したもの）など。

こうした記録のみならず、レシートも暫く保管していましたが、整理のため母の意向で私が処分したものもあります。

その他、漢詩講座テキスト、古典文学、易学暦本（古本屋で揃えた書籍等）を傍らに置いていました。天体に興味を示し、常備薬にも注意を払っていたものです。また日本画に心を寄せ、上村松園の作風に心惹かれていました。母が時を無為に過ごしている様子を、あまり私は見たことがありません。

柔軟思考で一事が万事、道を得れば、一角の成功を収められる人になれたのではと想像してしまう私です。

母の大いなる不幸は、ほぼ一生の大半をこの縁の中で家庭人として身を埋没させ、力を尽くしたことでしょう。

もし男子に生まれていれば（現代に通用する概念ではありませんが）、公共的な何かを成し遂げその精神を受け継ぐ者を育てたことでしょう。

それでも〝人間のプロ〟（私の造語ですが）として、周囲の者にその魂を残していったことを、私は深く感じています。

髪洗い

生涯かけて、母は髪の毛を大切にしていました。パーマはかけず、家の中でもドライヤーを扱う様子は殆ど見ていません。毛質を傷めないよう自然の毛の命を保持できるよう、髪の手入れに文明の利器を使わず、布海苔を煮出したもので洗い濯ぎを丁寧にしていました。私の見る限りでは、髪を短く切ることは生涯あまりなかったようです。

六十代後半以降は、母は髪に精神が宿っているように感じていたと思います。染めることもなく、洗髪後は風に当て手入れは市販の整髪剤は使用せず椿油を丹念にすり込んでいました。私から見ると何とも丁寧な手入れを心がけていました。

そんな労りの手によって、母の髪の毛は常に艶やかなしなやかさを保ち続けていたように感じます。母の髪留めのピンは大小別の箱に納められていました。使用する間特に暑い夏は、こまめにぬるま湯の石けん水につけて洗い乾かして錆びないように、小さな頭髪用の手回り品にも心入れの扱いがありました。

壮年時代、美しく豊かな黒髪はまるで魂の象徴の如く、高・老齢に達しても腰下まで長く伸びたため少し先端をカットすることはありましたが、髪の毛は細くなったものの、伸び続けました。

扱いが手間となってきて、一大決心して二十数センチほど切った遺髪は、母の形見として現在も手元に置いてあります。

今という瞬間瞬間を大切に

その時その時を生命として、慈しむ如く、日常茶飯事こそ疎かに過ごさぬことは母の信条でもありました。今一瞬一瞬の継続が積み重なり……人の一生となる。人生最後の日に悔いを残さないことを念じていたのでしょうか。

楽しいことは周囲と共に

人とのかかわりの中で生きる。そんな母でした。おいしいものを味わうとき、生けた花を観賞するとき、お茶の時間を楽しむときなるべく周囲や身近な人に声をかけ、外に出ている家族、子ども達が揃うタイミングを大切にしてくれました。その場に居る人が、フッと笑顔になるような工夫をこらし、時には楽しい演出もしてくれました。

集う人が自ずと幸福感に浸ることを願う心を持っていたようです。共に暮らした日々、日常生活は幸せに輝いていました。

この人とは今日が最後と思ってもてなす

これは、母が敬愛する主婦の方から学んだ座右の銘だそうです。

昔は、主婦の座は多忙で手間をかけて努める日々であったと思います。余裕を持って自分の時間を確保できる主婦は多くはなかったかもしれません。多忙な中、手間暇をかけられぬときに来客を迎えることもあります。

常に来客知人に接する時、「今日これで、この方と会うことは最後かもしれないと思ってもてなす。そんな気持ちで心残りないように……」と、あの奥さんの言葉をいつも思い起こすと、母はよく語ったものでした。

洗濯物が新品のように

洗濯しながら、よく母の洗う様子を思い出すのですが、洗剤をあまり使用しませんでした（使用してもごく少量）。濯ぎの水洗いを充分することや材質の風合いを生かして衣類の型を傷めないことなど、衣類を命あるもののように大切に扱っていました。

作業としては、濯ぎに充分時間をかけ、物干棹は干す前に布で万遍なく拭き汚れがないよう留意していました。そして干し棹にかけた後、衣服の袖、襟、スカートやスラックスの裾、縫いつけてある紐、リボンに至るまで端をよく伸ばしきちんと形を整えて歪みがないよう（絞り機はあまりきつくかけない）丁寧な作業でした。日射しにも注意して長時間日に晒すことを控えました。仕上がりは、まるで買ったばかりの新品のようで私も感動したものです。

普通は、クリーニング屋に任せる衣服、ウール地の材質のものや上着、厚手の、形の仕上がりにこだわるような衣類も自分で洗い、並大抵の心入れではありませんでした。

母が身につけるものや手にするものはあまり汚れず、また、清潔を旨とするタオル、布巾、カバー、シーツ類は清涼感ある身の回り品としてきちんと管理され納められていたものです。

道具の手入れ

緻密な仕事をする母でした。身の回りのすべてについて扱いはとても丁寧でした。今でもその様子が目に浮かびます。家の内外の整備作業道具の扱いから整理整頓の技は、生活の手本のようでした。

例えば鋸《のこぎり》。これは用途に合わせ、大、中、小と目的に合わせて各種活用されていました。使用した後は刃先についている木屑、はさまったものをよく取り除き、暫く刃を水につけた後拭いていました。陰干しして木の柄から刃先までよく乾かし、仕上げに道具用の油を万遍なく塗り、刃先もよく点検し汚れがしっかり落ちた状態にして新聞紙にくるみ道具箱に納めました。小さなのこぎりは、ダイナミックに花を活けるとき硬い枝の調整に活躍し、他のことにも役立っていたようです。

花鋏《ばさみ》も、皮の刃先ケースをはずすと、母が使用していたものは水垢や錆がよく落とされていました。いつも光沢のあったことが思い出されます。

ガスコンロの火孔は、吹きこぼれなどの目詰まりを、小さなワイヤーブラシや小さな孔に通す金属製の刷毛を小道具に使い、不完全燃焼が起きないよう火孔の調整を手がけていました。

誠に目立たないが、手間暇惜しまない働きが家族の生活の土台ともなり、家庭用の工具にはプロの仕事師の扱いを以って、分解したパーツに油をさし、錆つかせることもなく、母の手による職人技の仕上げになっていました。

熟達した家庭経営管理者であったと思わざるを得ません。家を興す経世の才も具有した我が家の功労者でもあった母に、感謝は深まるばかりです。

不言実行

心身共に、特に身体の動きは高齢に達しても軽やか且つ機能性を保った母でした。行動力があり、晩年後期に著しく体力が弱るまでそれを保持していました。言葉で述べる前に、考えたらすぐ実践に取りかかったものです。娘が心濃やかでなく、更に母のこうした特質を磨かせてしまったのでしょうか。のん気（？）だった私の後悔はもう届かぬ思いです。しかし他者からの要因があったにせよなかったにせよ、常日頃、私達には真似できない心境にあったことは事実です。

常に人生の仕上げに悔いを残さぬ境地に居たのでしょうか。

身の回りを清潔に

母は家族の健康に留意して、家庭内の衛生に絶えず注意を払ってくれました。決して神経過敏な気質の人ではありませんが、子どもが幼い時代、衛生の観点から夏には紙芝居につきもののアイスキャンデーの買い食いをさせませんでした。またお手洗いの手ぬぐいやタオル、布巾をよくかけ替え、食器の洗浄も日々きちんとしていました。食器の扱い、手の洗い方、日々の心がけも口うるさく注意するかわりに周到な手引きがあったように感じます。

毎食後皆が箸を置くと、熱い湯をやかんから注いで膳布巾に含ませしっかり丁寧に食卓を拭いていた食後の光景を、はっきり映像のように思い起こします。

季節折々の恵みに感謝する

数十年前の日本は、自然がより生き生きと、四季の風物が豊かだったように思います。現在よりは味わい深い恵みに包まれていたように思います。

母は四季折々の趣を愛でその時期の作物、実りの産物の香りを大事にし、感動と感謝を以て調理していたものです。旬の魚を風味豊かに、また野菜、果物を彩りよく皿に盛ってくれました。味わうとき満足気な笑顔を見せて。生産に携わる多くの人々や労働の手数も含め食事の意義に、恩寵をいただくものとして礼を尽くすことは習慣となっていたものです。

また、我が家の各時代その時々の家計に応じ花を飾る心を忘れず、色彩、香りで部屋を潤してくれました。

花を飾ることには手間をかけていました。時に階段を昇り降りして花器を運ぶことさえ楽しそうだったと感じています。いそいそとして……。

無論、私もよく二階に運びましたが、私は別住まいしていた時期がありそうした時代も、母は花を活けて家を幸福感で包んでいたことでしょう。

後年、母と共に過ごした転居先の、樹木の多い道では自然の恵みをいただき楽しませてもらいました。

春は桜の花、秋は紅葉黄葉落葉の色鮮やかさをまた、椿の花、くちなしの芳香なども味わえました。母は一年を通して、自然に地面に散り敷く花びらや葉を拾っては玄関の棚の上に、さり気なく工夫して飾ってくれたものです。

勤め帰り「ただいまア！」と玄関の扉を開けた場に、円陣の形に桜の花びらが置かれていたり、椿の花が枝で咲いているように色鮮やかなままに置いてあるなど一瞬、夢を見ているように慰められたことも……。

心癒された日々の、何と多かったことでしょうか。

鏡に映して、身を正す

母は常に、私達にも鏡で自分の姿を点検する習慣、それは外出するときだけでなく、普段の格好や姿勢、居住まいを正すことを含め心がけさせていました。

成長期を過ぎた後も、幾つかの鏡が壁にありました。折り節、映して身も心も乱れがないようチェックする生活態度を望んでいたのでしょう。今でも等身大の鏡台が据えられた部屋の一角を思い出します。

他の人々に思いを馳せて

私達は、多くの人々の犠牲の上に生かしていただいています。様々な歴史の記録、実相、実写が、ＶＴＲなどで伝えられる今日、それまで不覚にも知らずにいた真実を思い知らされることがあります。常日頃から公共心、社会的視野を思いの中に置く母は、歴史の裏、陰にひっそりと納められている犠牲となった人々や罹災して苦境を余儀なくされている人々に心痛めていました。そうした人々への労いの心と、現在そのお陰様で生かされているであろう陰の働き手に、常に感謝の心を篤くする人でした。

草木、小動物に言葉をかける

生命《いのち》を慈しんだ母の心は、生命あるものに広く及んでいました。

生けた花にもよく語りかけていたものです。

「とても綺麗よ」「綺麗に咲いてくれてありがとう……」

日が経って萎れ始めた花を下げる時も、

「一所懸命咲いて、家を明るくしてくれてありがとうネ」「楽しませてもらったワ」

と声をかけていた光景が懐かしく思い出されます。

小さな昆虫にも同様でした。ある年の秋、片方の足が一本ないバッタが小さな庭の片隅に張り付いていました。母はそのバッタをいたわるように「あらあらどうしたの？」と言葉をかけていました。

その後、哀れに思ったのか、バッタを「ター君、ター君」と呼び注視し続けていました。その年もすぎて、ター君か他のバッタか、やはり一本足のない虫が庭の土に馴染んでいたと記憶しているのですが……、このバッタは……？

高齢になるにつれ、愛らしく

小柄な母は老齢に進むに伴い、なぜか身に爽やかさが増していきました。身びいきのようですが、何方からも「可愛いお母さんですネ」と言われること度々でした。おかしくも、それは私でさえ実感していたのです。

身繕い、身のこなし、表情、話し方も、灰汁《あく》のない屈託なさや〝清明の気〟のような気配さえ感じたものでした。柔和な雰囲気をいつも湛え、周囲を穏やかなオーラで包んでくれていました。

「お母さんの可愛らしさはどこからくるのかネ。お会いする人、皆さんそう感じるみたいよ」と私はよく言ったものです。そんなとき、母は「どうしてかねエ、困るわね」ととぼけるように一笑していました。

しかし、母は極楽トンボのように平穏な人生を歩んできた女性《ひと》ではないのです。人並以上に人生と闘ってきた女性ではないかと思うのです。すべてではないのですが、母の道のりを垣間見た私が感じることです……。

その浄化された身の奥底には越えて来た幾山河があったことでしょう。世の多くの人々と同じように、母も人生に鍛練されてきたことは疑いようがありません。

母はその〝愛らしさ〟の裏に〝大丈夫〟とも言える家族の魂を支え養う力量を秘めておりました。

縁ある者すべてを包む功労者であったことを、私は信じて疑いません。

何故なのか、母は他の方からよく言われたそうです。

それは他の人が母から受けるイメージだと思うのですが、「あなた何の苦労もしていない箱入り奥様のように見えますヨ」だとか。

よく「平安」を身につけたものです。

自分が仕事するのではなく、仕事に自分を合わせる

人生の経験を積んでいくと、自己流であっても大半のことはそれなりに納められていくのでしょうか（正常な人格であれば）。

母は事に臨んで、いつも原点を踏まえ不注意はあまり冒しませんでした。生活万端、状

況をよく把握し周囲の動きや事象、他の人々との会話から人生の諸相・理《ことわり》を学習する人でもありました。

「私は仕事するときはね、仕事を自分の流儀で行うのではなく、自分が、仕事の意味・目的に合わせるようにしているの」とよく語っていました。

それは仕事の準備立て・用具の扱い・手立てや場の整頓など含め、作業の後の点検や確認など作業の意義と目的を果たすため、面倒がらずに身心をその仕事に充てるということなのでしょうか。

残りの糸の扱い

母は洋裁、和裁、どちらも用に適う人でした。絹糸や何やら由緒ありげな時代物として貴重な糸が、古い裁縫道具の詰められた箱に納められていたものです。今では、ほとんど目にすることのない良質な光沢ある糸が、様々な色糸として整然と箱に納められていました。

そうした箱とは別の入れ物に、数十年前に日常活用されたものなのか、こばさみ・へラ・細長い針・指ぬきなどが納めてありました。七十年ほど前、お姉さんからもらったというセルロイドの針用の小ケースが、傷もなく入っていました。

他に薄い箱があり、開けると白、黒、灰色、何色かの糸がありました。あまり長い糸ではなく使用した糸の切れ端と思われるもので、それぞれ使い残した縫い糸として捨てず用途に合わせて使っていたのでしょうか。すべて、その心がけで暮らしていました。

私なら処理してしまうような半端な長さのものでした。おそらく母の器用さと丁寧な扱いは糸にも礼を尽くしたのでしょう。

壮年の母が日溜まりの部屋で和服を仕立てる姿、老年には手回り品の繕いにいそしむ後ろ姿がまざまざと蘇ってきます。

朝の身繕い

娘が不器用で濃やかな心配りに欠ける不肖の子だったこともあってか、母は高齢に達しても頭髪を自分で結い上げていました。これは、殆ど一生続けられました。

仮に私が器用で上手に結えたとしても、母はこの毎日の〝行事〟を人を介することなく自分で納得いくようにする人でした。

母の髪の毛は猫毛ではないのですが、細く癖がなく、より高齢に近づくにつれ毛質も更に細くなりサラサラしていました。私の手で束ねても時間が経つと緩み、格好よく仕上げた状態として、頭髪の形が保てなかったものです。

母は、髪の毛を短く切ることは伸びる命を絶つように思ってか、老齢になってからは切りませんでした。いつも、前横から後ろから上にまとめて結び、髪留めでチョコンと髷を載せるようにしていました。大変手際良く指先ではさみ、ゴム紐でキッと結びました。少し後れ毛が出るものの、後ろから横から正面から見ても乱れは感じられませんでした。本来あまり人の手の入らぬ方が、母の相貌に合っていました。

髷の毛をくくった小さな飾りぐしもずれることなく、往年の髪の毛が多い頃は、藤色・ローズ・水色・緑色のリボンを巻いたり茶巾絞りのような髪留めチーフで束ねるなどして、後ろから、半円型の飾りの髪留で美しく整えていたものです。

出立の四十日ほど前、きれいに結った頭髪を見て、私は母が召される日が近づいていることも覚えず「お母さん、とてもきれいに結えてるよ」と言葉をかけた記憶があります。生命の燃え尽きる限界の手前まで身繕いできる女性《ひと》でした。

マッチの燃えさし

我が家のガスレンジが不具合になり、母の意向で鋳物ガスコンロに切り換えました。こちらの方が火力があるのではという理由ですが、そのたびマッチを擦るのが手間でした。古い型の道具の良さを母は考えたのでありましょうか。

母はマッチ棒の燃えさしさえ無駄遣いしませんでした。コンロに火をつけるとその燃えさしを活用しました。一本のマッチ棒といえども〝再利用〟していました。

それは努力して意識するのでなく、自ずと現れる心がけのように感じました。小型マッチ箱の空になったものに燃えさしだけ納め、一つのコンロがついているとき、新たにもう一つを点火するときに、その燃えさしを当てたものです。

当節、このようなやり方は笑われてしまうでしょうね。

こうした一つ一つの物の節約・再利用の心がけと共に、生活を上質に保ち、心豊かに暮らすことも念じていました。こうした工夫や算段は、家族や周囲を温かく包みこむ心でありました。

漬物は家の財産

家族として大変ありがたかったこと。母は漬物の名人でした。家族の健康づくりの〝蔵〟のように糠味噌の容器として、味噌樽も長い間活躍してくれました。

母は大きな中華鍋で糠を煎り、熱を冷ましてから糠は塩、唐辛子、昆布などを入れた糠床にして、その後は折々にリンゴや柿の皮、昆布粉、いりこの粉などを入れて風味豊かにしました、よくかき混ぜる作業もしていたものです。

味噌樽は冷蔵庫に納まらない大きさなので、暑い時期は冷凍のアイスパックを絶えずビニールに包んで入れ替えし、熱気で変質しないよう心がけていました。

旅立つ前年の秋の夜十時頃、床に就いた五分後母は突然ベッドから起き、「あれを漬けるのは今日のうちがよい」と言って整えておいたカブを漬けたことがありました。ナス、キュウリ、大根、白菜、カブ、実だけでなく葉の部分も味わい活をもらいました。糠床は家の財産として手を尽くしていたものです。

現代重要視される「酵素」の恩恵に浴させてもらった幸せな家族でした。この栄養管理の心がけこそ、医食同源の道だったのでしょうか。恩に伏す思いです。

約束は子どもに対しても疎かにせず

学校の行事の前日などに、母は夜を徹して手製の洋服・手編みのセーター・帽子・手袋・マフラーなどを用意してくれました。

「明日、着てね」との言葉通り、朝目覚めると枕元の仕上がったばかりの〝作品〟に、心踊らせて手を通したものでした。

幼い頃だけでなく中学生になってからも、高校の林間学校でも、そのような心入れのスカート・ブラウス・ネグリジェなどを母の温もりを感じながら身につけさせてもらいました。

後年、兄が新聞配達のアルバイトをしていたとき、何かの事情で休みたいと言ったことがあります。母は、配達所に迷惑かけてはいけないと思ったのでしょう、「あなたが行けないなら、私がかわりに……」と言ったのを記憶しています。店主の方とのやり取りでそうせず済みましたが、子どもと母との決めごとのみならず、取り決め・約束には誠実且つ潔い人でした。

あどけない児を慈しむ

幼子の前では誰もが心やさしくなるもの。母は生命あるすべての魂を慈しみました。殊に嬰児にはよく目を細めていました。見つめるまなざしは、我が子を慈しむ親の目となっていました。母が乳児を抱かせてもらい微笑みかけると、腕の中で機嫌良くキャッキャッ身をよじって笑い声を上げる児がいたほどです。行きずりの散歩道や電車の中で、道すがら母親の胸で眠っている児を見ると、まさにその児の母親のまなざしになって接していました。

詩作・俳句・短文のメモには、小動物や幼児への思いが書きとめられ、今も私を慰撫し続けているのです。孫を抱かせてあげられぬ親不孝者でした。母のわびしさが胸に伝わる思いです。

不在の人に一番良いところを陰膳で

食事・お茶の時間に家族の誰かが不在で、全員揃って時を共にできないことがあります。そのようなとき、母はいつも不在の家族のため、例えばまとめて盛ってある皿のもの中央の一番形よく整えてある部分を取り分け、小皿に載せていました。

「これは○○ちゃんの分よ、待っていても遅くなるようだから、先にいただきましょう」

無論、揃って食事することが喜ばしいのですが、不在の家族を常に深く思いやってくれました。

苦境の人を思い、戒めの心と敬虔さを内に

生活の様々な場に祈りの心で暮らす母でした。

日々、ニュースで知らされる自然災害や不運に巻き込まれ難儀している人々を気遣っていました。

高齢に達するほどそうした状況の多くの人々に寄せる心は増していったようです。祈りの傍らにあった私は、母から出てくる人々に寄せる労りに溢れた言葉を、今も味わっています。具体的なボランティア活動をするのではありませんが、「心」の行いとして、日頃から苦境にある人々に思いを馳せて、できるだけ物を粗末にせず無駄遣いしないよう心がけていました。

そして、多くの人々の犠牲の上に私共の暮らしが成り立っていると、よく語っていたものです。

未熟な子にも敬意を以て接する

私はとても健康体で生まれ、生まれてからも万全の手に育てられ簡単には風邪も引かない身にしてもらったことが、ある意味、母にとっては「不幸」だったのかもしれません。あろうことか、私はその気質ゆえに、無慈悲にそして人の心の痛み、不調を理解できないものになってしまったことです。

私は不肖不徳の子でした。どれほど母の心を傷つけ、苦を負わせたことでしょうか。

人生に深く関与してもらいながら、悟ることのできない者でありました。母の生前中、親の心を深くいただきながらやさしさに欠けている自分のことにも気づかぬ魂でした。

現在鑑みて思うに、このような私を確立した大人として終生、徳に潤された心で、母は私と接してくれました。

これほどの母に、全く値しない不毛の心根を克己できなかった私は、後悔することばかりです。

母のこと　3　～子育て～

どのような子とも遊びなさい

小学校低学年時代のある日、私は近所の子との自分にとって不愉快なことがあったのでしょう、悔しさを胸に夕べの食卓についていました。

原因はどこにでもある子どものよくある諍《いさか》いであったように記憶しています。食事の時、他愛なくそれを話題にしました。父は「そんな子と遊んではダメだよ」と反応しました。

その途端、母はしっかり言ったのです。

「喧嘩しても、お母さんはどういう子とでも遊べるようになってほしい」

子ども心に、私は「そうかもしれない。お母さんいいこと言うなァ」と、不思議に心を持ち直していたことを思い起こします。

子どもも大人も、いろいろな人が縁に触れ合う中で、生きる心を耕してほしいと願っていたのだと思います。

朝のお掃除

私が就学前、その頃の生活の場は北海道帯広市でした。冬の気温は氷点下何度という日もあったようです。

私にあまり確たる記憶はないのですが、玄関の掃除は躾の一環として私の日課だったとか。

寒い冬は、朝の掃除はそう楽なことではなかったでしょう。冬の朝、私は泣きながら玄関掃除をしたそうです。いたいけな幼児のその姿を見るのは母にとっても辛抱のいることだったでしょう。少し胸の痛む思いもしたのではないかと想像します。又、躾には厳しさも必要だったことでしょう。

それでも、私に「あのときはつらくて耐えられなかった」という、辛い思い出としての記憶は全くないのです。丈夫に産んでもらったお陰でしょうか。

ということは、その子の健康状態、発育状況をよく観察して与えた教育的配慮だったのではと、老齢になった現在母の配慮をあらためて確信する思いです。

いずれ将来、社会の中で生きていくための備えとなる、大きな教育愛、慈悲から出た導きだったのでしょう。

授業参観

母は現代でいう「教育ママ」ではありませんでしたが、私達は、常に深い配慮のまなざしを注がれていました。

小学六年生のとき、母はある授業参観日に用事で来られませんでした。そこで、母は別の日に参観させてもらえるか、私を通して先生に「○○日、ご都合宜しいでしょうか」と伺わせました。担任の先生は快諾してくださり、その当日、参観を許され、母は教室の後方から入って授業を見ていました。

母は、子ども達全体の様子に関心を示して（我が子の学習態度のみ念頭に入れる人ではないので）、後方の幾人かの子ども達の机の傍を歩いて回っていました。

母が帰った後の昼休み、クラスの腕白な男の子が私にこう言いました。

「オイ！　お前のお母さん、俺の机の傍通ったとき、手から糠味噌の匂いがしたぞっ！」

少し戸惑いましたが、家事を疎かにしない母が日課の時間をやり繰りして予定時間に参観してくれたことを、ありがたく思ったものでした。

子どもの友達にも慈愛を

我が子だけでなく、友達にも温かく接する母の存在は、私を精神的な安定感で包んでいました。

我が子への利得の計算でなく、共に親しむ場、お八つの時間、子ども達の過ごす遊びの場で、すべての子に対しても「母」であったように感じています。

ある日、私は愛らしい赤い下駄（当時は、下駄をよく履いたものです）を買ってもらいました。

そして「〇〇ちゃんのもあるのヨ」と、当時よく遊んだ友達の女の子にも同じものが用意されていました。

こうした心遣いは母特有の質《たち》であったのかもしれませんが、これは一例で、子どもの世界を見守る心遣いは、様々な形で表れていたものです。良い思い出は尽きることがありません。

良書に親しませる

幼少の時期、今のような情報溢れる世の中でなかったせいか、私は絵本を見るのが大好きでした。

本の虫というほどではありませんが、本を読むことは大きな楽しみの一つだったのかもしれません。母は折節に本を買い与えてくれました。それらのレベルは、在学の学年より少し上級の内容のように感じられました。

小学一、二年の頃よく読んだ講談社の格調高い絵本は、私の心を深く惹き付けていました。その後、中学三年生の頃まで、母はよく本をプレゼントしてくれました。アンデルセンやイソップの童話、小公子・小公女・今昔物語・有島武郎小品集・下村湖人作品集・少年少女向き古典説話集・ギリシャ神話や星座物語・樋口一葉作品集など、様々な本を買ってもらったことを記憶しています。

楽しく痛快というよりは、少女期の私の感覚からみても、奥深く落ちついた精神を耕す趣のある作品が多かったようです。子ども達のより健全な成長を祈る慈愛に根ざした薫陶を、私達は受けていたと思います。

夢みる子どもの世界をいつまでも

母は子ども達が世の中の現実、濁り、損得、利害のからむ俗気からなるべく距離を置いて、純で無心な世界をできるだけ長く夢見ていられるよう、意を尽くして子ども達の心を守ってくれました。

幼い時代、写真に写った私達は、少し浮世から離れているようなボーッとした雰囲気を漂わせているようです。生き抜くための打算の世界からなるべく遠くにあって、子ども時代を満喫してほしいとの母の祈りは、生活の図らいとなっていたことでしょう。

現代では考えられないことですが、私の兄弟は、なんと中学一年生になるまでサンタクロースは本当にいると思っていたようです。

母が明かした言葉に、老いの身になった今、私達は天国にいたのだろうかと思うことがあります。

出世することだけを求めない

学齢期の子どもに、人生行路のアドバイスをすることは、どの親御様も大切に心に留めていることでしょう。

私の中に、深く残る母から伝わってきた印象、それは子どもの将来の栄達に役立つための学力向上や好成績を修めさせるための叱咤激励の声かけはなかったことです。

現代の風潮とは次元の異なる教育的配慮が多かったように思います。

健全でバランス感覚のある識別能力を身につけ、まずは平凡で円満な社会の一員となって心豊かに生きてほしいと思っていたのではないでしょうか。

その念を以て、子ども達を四方八方から導いてくれた母の生涯であったと思います。

クリスマスのメッセージ

いつも利他の念で生きていた母が子ども達に示した教え。兄が十歳、私は七歳、弟は四歳のときでした。

六十数年前の私達三人の兄弟にあてた、〝サンタクロースの便り〟の一部。

「一杯のミルクさえ恵まれぬ子ども達もいることを考えましょう」

サンタからの便りは、そう括られていました。

悲しいときは悲しいように

子どもの成長期とくに思春期は、親も子も変化に戸惑う時代でありましょう。そのような微妙な、心身が戸惑う日々の様子に、深い観察の中で母は対応してくれました。

子どもの心の揺れ動きを見つめ、時に愁いの陰りを漂わす子どもの心情に寄り添うようでした。

あるときの〝思い〟を見抜いて、母からかけてもらった印象深い言葉があります。

「辛いとき、悲しいときは存分にその思いに浸りなさい。そんなときは涙を流し、悲しみにくれていいのよ。そしてまた、心を立ち上げて前に進んでいきなさい」

この導きあって、どれほどゆとりと寄る辺をいただいたことでしょうか。心定まらぬ年代の道を照らす光がありました。

遠足のお弁当

子どもの頃楽しみにしていた遠足。目的地に着いてみんなで弁当を開くとき、ワクワクしたものです。質素な時代で、おかずが何品もという時代ではありませんが、心入れのあるおにぎりを中心にした美味なものでした。

特に小学校、中学校始めまではこんな記憶があります。母はいつも「食べる前に、先生にお渡しするのよ」と、私の分と担任の先生の分の、同じおにぎりの包みを私に託しました。私は言われた通りの言葉を先生にお伝えして渡していたものです。

「いつもありがとう。ごちそうさまです」

先生もそう言って受け取ってくださいました。昨今の風潮の中、このマナーの美しさと母の心に、懐かしさはひとしおです。

家族の健康に万全を尽くす

日常生活においての環境整備、諸事万端への観察など注意怠りない母の献身のおかげで生涯、私達は身体の変調、また食中毒を、ついぞ経験しませんでした。風邪や個々体質の故の不調は別として、こうしたことは主婦としての功績、成果とされるものかもしれません。

栄養管理、寒暑の折の病気予防対策となるバランスのとれた滋養栄養の配慮がありました。病気に罹っても回復が早く、家族の健康への看取、目配り、対応は日常的に進められていました。

母は生涯に亘《わた》る命の恩人でもありましょう。

子の枕辺にあって

小学三年生の頃、友達が家に泊まったことがありました。

今はどうでしょうか、子ども同士で一緒に夜を過ごしたり泊まることなど、そんな付き合いをしたこともありました。

その夜八時頃、友達と布団を並べて床に就きました。北海道に住んでいた時代、初夏の夜だったと記憶しています。

子どもの私達はすぐ眠りに就きました。ひととき眠った後、ふと目が覚めました。スッスッと空気が動くのを感じました。それとなく瞳を凝らすと、枕元で母が団扇で風を送っていたのです。

ゆったりと静かな風でした。私がそれまで寝入っていた時間は十五分や二十分ではなかったでしょう。小一時間ほども母はそうしていたのでしょうか。

「少年時代」という美しい歌があります。あの歌を聴くと、仄《ほの》暗い部屋の中添うように私達の枕元で見守ってくれた母の姿が蘇ります。

枕元で煽ぎ続けていた母の姿。六十数年経った現在《いま》も鮮明に……。

いつまでも心は温かく

諸々の記録で「子育てを充分楽しんだ」と母はよく述懐していました。

しかし成長と共に、母の深い心から、各々距離を置いて行く子ども達。親子とはそうしたものではありましょうが、私が悔むのは、家族として厄介をかけながら、社会人となってからは多忙を理由にし独立していないのに、家庭生活を省みず母の心入れを粗末にしていたことでした。

母は子ども達と共有する時間が失われていく時期にも、四季折々の行事や節句そして子どもの誕生日にはかつての幼い子ども達の姿を思い浮かべ、部屋に花を飾り俳句・詩など、短冊に筆を走らせノートにメモを残していました。淋しさ、もどかしさを胸に潜ませて……。

高齢に達するに従い、悲しみもあったことでしょう。親とは、人生とはこうしたものと、離れて暮らす私の兄弟についても「便りがないのは無事の便り」「夫婦つつがないことは親孝行」と語っていましたが、子等の自分勝手な不徳でした。

当然、その胸の奥に寂しさがあったのでは……。

頂いたものは誠に無尽蔵であり、それに甘えた恩知らずの者として人生を過ごしてしまった私達でした。

アドバイスの手紙

我が子が見せるふとした仕種《しぐさ》・想念・戸惑い・友達との何気ないやりとりなどを通して、母は子ども達の心の状態を察知していました。

親の多くがそうであるように、皮膚感覚で感じていたのではないでしょうか。導くタイミングもうまく捉えていたようです。

私達にアドバイスしたり、その態度を正さねばならないとき、頭ごなしに叱ったり説教するのではなく手紙に、その心や母の願いを託して教え諭すことが常でした。母は手紙で思いや意見を伝え、導いていたものです。

今思い起こすと、手紙に綴られたことは、面と向かって対話する以上に深いメッセージとなって心に響いておりました。

手紙は、私達が成人した後も、時宜に適う道標として、母から発信されておりました。

人形の布団

幼い頃折につけ、私は母から人形をよくプレゼントされました。

昭和二十五、六年頃、質素な暮らしの中高価なものではありませんが、幾つかの趣の異なる人形は少女にとって嬉しい贈り物でした。母の手作りのものもありました。しなやかな布で仕上げた人形でした。私は手に取って楽しみ、母の手数も考えず「クタクタ人形」などと笑ったものです。

そしてその人形を夜休ませてあげたい思いに駆られ人形にも寝具を、と母にせがみました。

間もなく、〝幸せ者のお人形ちゃん〟の布団が仕上がりました。掛布団敷布団一組、薄く白い枕、掛布団は顎当ての掛カバーもついていました。

その当時、主婦は寝具も手作りしたようです。家事をこなす人は手を休められなかったでしょう。母もまた忙しい合い間に、いそいそと人形の布団作りをしてくれたのでした。

それは私の想像を超えて細部にまで心入れしてあり、布団の四つの角には飾り糸まで綴じてありました。子どもの目にも、上等に見えました。

その後、私は中学生になっても人形の布団をさすってその感触を味わったものです。思い出すたびに感慨深く、胸が熱くなります。

幼心に、「お母さんに余計なお仕事をさせてはいけない」と感じるいじらしさのない子だったのでしょうか。

言い訳しない　させない

人は過失を犯してしまうものです。私達が、不都合なこと、失態、意図に反した結果をよんでしまったことなど注意を受ける立場にあるとき、母は謙虚な態度やまず謝罪の意を表すことを大切に考えていました。

私たちから言い訳の言葉が最初に出ると窘《たしな》められたものです。そして意図した通りに運べなかったことや或いは事の成り行きに偶発的な事情が重なり致し方ないときは、理解し納得してくれました。

それでも、「でも」「だって」「私のせいではない」というニュアンスのある表現は、正当な理由として主張させず、不快さをにじませませました。子どもにも筋道を示す母でした。

無論、母は自身のことは更に慎み励む日常だったと思います。

子への呼びかけに敬意をこめて

私は母に、ぞんざいに応じられた覚えが殆どありません。

幼少期も、成長期でも、自分の名を呼ばれるとき呼び捨てにされたことはなかったように記憶しています。「○○ちゃん」「○○さん」など、短く記《しる》された手紙でも、私達に対する言葉遣いは美しく、子どもに対する敬意さえ感じられました。現在思えば、ふてぶてしい私にはもったいない扱いでした。

例えば幼い頃、クリスマスの日三人の子に宛《あ》てたカードの文章の一部。

「〜成長〝される〟よう……」

など、これは敬語の誤用ではないと考えます。

現代は敬語の誤用が氾濫する時代ですが、母の、我が子への「成長〝される〟よう」の言葉遣いの意味深さを感じています。母の精神を知る者として……。

○○ちゃんのお手々が悪いことをする

幼い頃、三歳年下の弟はいたずら盛り、やんちゃ坊やでした。物事のけじめを身体で覚えさせる躾が必要だったのでしょう、母はときどき弟の手の親指のつけ根に、子どもの痼の虫によく効くという灸をすえていたものです。

そんなときベソをかく弟に、母はやさしく「○○ちゃんはいい子なんだけど、このお手々が悪いことをするの」と言い含めながら、お灸をしていたのを思い出します。

子どもの問いかけにきちんと答える

よく、子どもは「どうして○○○○するの?」などと疑問を投げかけるものです。そのような時、母は常に、軽々しく受け合うことはしませんでした。子どもの成長過程に合わせて納得いくように、赤ちゃん言葉で間に合わせることなく、きちんとした対応をしていたと記憶しています。

子どもが発する問いに対していい加減ではなく誠実に、ごまかすこともなく答えてくれたものです。一つ一つ時宜に適った、温かい心から送り出されるものだったのでしょうか。

その場に居ない人の悪口を言わない

人の集まるところ、噂話は話題のタネとして、そして、その人の都合の悪いことを楽しんで噺のタネにするもの。人間の悪しき本性は子どもの頃から潜《ひそ》んでいるのではないでしょうか。そこに居ない人のことを笑い種《ぐさ》にしてしまうこともよくあることです。

母は、そこに居ない人物に関する不快なこと、弱点、癖など、その人の面目をなくさせるような話や噂をする人とは程遠い人格でした。母の話題、口調、出てくる言葉や語る内容は、和やかで善意に満ちた幸せな時間を共有する場を象徴するものでした。

成人してまもなく、私はある人から「あなたは他の人のことを悪く言わない。よほど、お母さんがしっかり躾《しつ》けたんだね」と言われたことを思い出します。

土曜会

六十数年ほど前、子ども達が学童期高学年になるにつれて各々の個性、我《が》が強く現れ出した頃、母は教育の観点から何か思うことがあったのでしょうか、「土曜会」なるものを始めました。

あるテーマについて話し合い家族兄弟の連帯を深め、温かい交流の中家族が目標を持って生活しようという視点だったと記憶しています。

土曜日の午後（当時は土曜は午前授業）でケーキ、お菓子、果物も添えられました。母の切り出すテーマや内容に沿い、皮切りはその週の生活や行動を反省して報告することでした。それは次の週の目標改善策も考え合わせ、少しでも向上していくことに根ざすものでした。

テーマ、それは子ども達の体調、学校、家庭の実情に合わせ達成できない厳しいものではなかったと思います。母の一つの願いは、和気あいあいの中子ども達には家庭生活を基盤として、又、円満且つ社会人としての分別を弁《わきま》えた健全な人間に成長してほしいということだったと思います。子どもとは仕様がないもので、私達は後で食べるケーキに思いがいって母の真剣さに応えられたのか、後ろめたい思いです。

夏休み冬休みには、別の大学ノートに一人ずつ学習の目標また、生活面の目標や抱負などを具体的に記入したものでした。休みの終わりの日は、休み全体の反省やまとめも記入していました。

昨今、家族のあり方結婚観人生のあり方が著しく変わり、家族の離反、孤独、家庭の不安、崩壊などが話題となっています。特に女性の「宇宙的」な役割はもはや無視され、母親となる資質の人格的普遍的〝特質、本性〟が〝絶滅〟の予徴にある中、母の願いに私達がどこまで応えたかは別としても母親の、生涯の教育〝事業〟の証として、数年間続いた「土曜会」の意義を現在《いま》も心に刻んでいます。深く敬服するに値する〝仕事〟ぶりでした。

お弁当

弟が社会人になった頃、母はまだ高齢ではなく、いそいそと弟のため弁当作りをしていた時期がありました。塗り三段重ねお碗型の優美な弁当箱でした。その中に色とりどりのおかずが詰められていたものです。

野菜の煮物、主菜の肉の日替わりおかずにたれの味つけをあれこれと工夫し、肉ばかりでなく旬の魚のおかずも、味つけ豊かに詰めていました。野菜サラダ、季節の果物、ご飯はそぼろ、ふりかけ、佃煮や海苔も香りを添えて毎日栄養豊かな弁当を持たせていたようです。

弁当を詰めている母もまた、幸せだったのでしょうか。会社の人達には弟は〝若様〟のように映ったようでした。食事時、弁当箱を開くと周囲の女子社員が覗きに来たのだとか。そして隣の先輩に目をつけられ、「弁当、交換しようよ」と持ちかけられ食べられてしまったことがあったそうです。そんな話を弟も苦笑して語っていたものです。

大声で子どもを叱らない

子どもに注意したり叱って言い聞かせる必要性を感じるときでも、母は心を乱したりましてや、激怒することはありあまりませんでした。声を荒くすることもなく不快と思う態度をとられても、反射的にいきり立って反応することにも無縁な人でした。

もし、心に深い憤慨を覚えることがあれば、心を納めるように対処していました。間（しばしの時）を置いてタイミングよく、または、相手の様子に注意を払い話を切り出すなど考え深く乱れない人でした。腹に据えかねることもあったでしょう。忍耐を身の内に治めて努力し続けていたのではないでしょうか。

若い日の私のふてぶてしさ、慎みのないこと、どんなに不快でつらい思いをさせたことでしょう。母のような人格であっても、身に受け止め難いこともあったと思います。業の深い私でした。母は、悲しいまでに大きな器でした。

手作りのお八つ

子どもの楽しみ、お八つの時間は私達兄弟が幸せを味わう、待ち遠しいひとときでした。その当時のお八つは、ゼリー・お汁粉・みつ豆・煎餅・寒天・ところてん・きな粉餅・サンドイッチなど殆どが手作りで多彩でした。たまにチョコレート、ビスケットなどが、私達一人ずつの、色別の菓子用の小箱に入れられ用意されたものです。ココアが添えられることもありました。

買い食いする必要はありませんでした。そして母も、お八つ作りを楽しんでいたように思います。

慈愛の中で眠りに就く

私が小学五年生頃まで、子ども達は母の心尽くしの中で眠りについたものです。夜、布団にくるまれた私達の傍らに、本を読んでくれる母がいました。

こうした習慣は長く続けてもらったようで、母が後で語るには、物語の材料がなくなり話を作って聞かせてくれたこともあったとか……。

私達は母の手を握って眠りに就いた記憶があります。学年が上がると、子守歌として別室でピアノを弾いてくれました。ピアノの音色は眠りを誘うものでした。シューベルトや他の作曲家の子守歌・セレナーデ・乙女の祈り・野バラ・子どものための作品など、私達は「お母さん、ピアノ上手だね」とつぶやきながら眠りに就かせてもらった幸せな子ども達でした。

母の身体は現在《いま》、天国で眠りに就いていることでしょう。

就寝前のお祈り

祖母が旅立ってから、母はいつも「天国のばあちゃまにお祈りしましょう」と子ども達に、寝る前に祈ることを手びきしてくれました。

祖母は殊更《ことさら》、私達と縁が深かったとか、常に慈悲深く接してもらったという密な接触をした思い出はそれほどありません。しかし、母は子ども達に、日々美しい心情で成長してほしいとの念から祈る習慣を身につけさせたかったのでしょうか。

祖母は子ども達と深い結びつきをしたわけではありませんが、母は敬虔な態度を念じていたのでしょう。

それ故、時間を共有した祖母を傍から天に移して、幼い子ども達のお祈りの対象と考えていたのではないかと感じています。

いつも注がれる母のまなざし

「ただいまア！」

私達の帰宅の第一声を台所で背中で聞く母は、その声の勢い、波動、調子から、そのときの子ども達の心情や身に起きたことも感知していたようです。

特に意識を敏感に凝らしているというより、常に家族や子ども達の気から発せられる何らかのオーラ、メッセージとして心身で受け止めることができる、言葉の表現の以前に心を読みとる人でした。誰をも抱擁できる人格だったように思います。

決して子どもに手を上げない

私は未熟で性根に情け深さがなく、母には、ずっと不快で心もとない思いをかけてしまいました。さぞ腹立たしい気分にさせることが多くあったのではないかと思います。

しかし母は怒りを暴発させる人ではありませんでした。話を聞き叱って当然のことでも、親側の考えで追い込むことをしませんでした。母が高圧的な態度で接したり、まして、怒りに任せて子を叩くこと等記憶にないのです。

それはそう容易《たやす》いことではないでしょう。どういう境地にいたのでしょうか。

きちんと挨拶を

私達兄弟は、やや内気な傾向があったのでしょうか。

母は、子ども達が誰とでも、子どもらしく爽やかに挨拶できるように願っていました。まず家庭で基本となる朝夕、食前、食後、外出前、帰宅、就寝前、来客への挨拶や「ありがとう」「ご免なさい」などよく身につくよう導いてくれました。登校前の「行ってまいります」は、大好きな担任の先生に会ううれしさと見送られる安心感に包まれながらの挨拶でした。母に現れる宇宙的とも言える慈眼《じげん》があったからでしょう。

お伽ご飯

私が中学生になった頃も、芸術を味わうような食事の思い出があります。

母は料理の資料で知ったのか、よく子ども心を楽しませる工夫をしてくれました。

一例を紹介させていただきます。

それは「うさぎとかめ」をモチーフにしたものでした。

椎茸の傘の部分と石突きの部分を分けて、石突きの先は亀の頭の部分として切ります。

残りの石突きは亀の四本の足と見立て、小さく切って揃えておきます。

亀の首と足は、後で甲羅と見立てた傘の下から挟みます。

うさぎは、ゆで卵を縦半分に切ります。黄身が見える部分を下にして、卵のとがった方をうさぎの頭に見立てます。

先端から少し奥に包丁の刃先で左右小さい切り込みを入れ、うさぎの耳にします。

顔の部分に箸の先で、ちょんちょんと赤色のエッセンスを使ってうさぎの目を入れます。

あとは型で丸く固めたオムライスが山となり、その頂きに、赤い折り紙を小さく切って爪楊枝に巻いた旗を、差しておきます。
頂上近くに亀を、下の方にうさぎを置いて完成です。
オムライスのまわりの果物、野菜の付け合わせも彩りを添えていました。
今でも、小さいお子さんのいるご家庭で楽しんでいただきたいと思える〝作品〟です。

衣類をきちんと畳む

日常こそ清々しく折り目正しくすることとは、母の躾の命題の一つであったように感じます。夜寝巻やパジャマに着替えるとき、着脱用に、当時の公衆浴場の脱衣籠と同型の小ぶりの竹製籠を、一人ずつ与えていました。脱ぎ捨てたような乱れた状態ではなくきちんと畳むことを躾けたいと考えていたのでしょう。辛抱強く、良い習慣を身につけるために母自身も根気を必要としたことでしょう。

もう遅すぎることですが、社会的訓練を疎かにしなかった母に向けて深く感謝と敬意を捧げたい思いです。

内緒話はいけないこと

幼い頃の忘れられない記憶のひとつです。

ある日、弟が母の耳元に小さな手を当て、ヒソヒソ話をしようとしたときでした。

「いけません！　内緒話は。お姉ちゃんの居る前でそんなお話の仕方、お母さんは聞きませんよ。人の居る前では、内緒話、コソコソ話でなくてきちんとおっしゃい」

そのときの母の反応を、その後もはっきりと覚えています。

私達は、小学校、中学校時代、いや、大人に届くまで、いわゆる内緒話そして告げ口をする必要を感じなかったのかもしれません。

母のこと　4　～花ふぶき～

生きている姿が常に

母は高齢に達して、命の本質にさらりと触れて話すことが多くなっていきました。形あるものはいずれいつか旅立つ、誰もが通る道なのだと、枯淡の境地も深めているようでした。

母がさりげなくそんな思いを表した言葉を紹介させていただきます。

「私はね、いなくなった後でも、周囲の人や家族に〝お母さんはちょっと買い物に出かけて今は家に居ないんだ〟と思ってもらいたいの」と……。

命を押しいただいて

母のまとめ、命の燃焼は見事なものだったように感じます。

私の不徳を披瀝することになるのですが、母の身体は弱っていたもののギリギリまで母が旅立つことを、私は予想できませんでした。

旅立つ前年も、緊急避難用リュックの点検をしたり、九十歳代で自分の長いタイツを編み上げ往く前年まで、着用するつもりで毛糸のセーターを編んでいました。完成間近で、手を休めているところでした。これは別の形で生かされています。そんな母の様子は、私を不明にさせていたのかもしれません。百歳までも母は生きるであろうと感じていたからです。

もの静かでも、母の意識は常時はっきりしておりました。十二月後半からの寒さは、高齢者には厳しい時期であり、衰弱の傾向にありましたが言葉のやりとりには淀みがありませんでした。

旅立って二年近く過ぎた今思うと、母は誠に命を忠実丁寧にいただいて、その際《きわ》まで日々、心がけ・振る舞いに精神を巡らせ、横着に過ごすことはありませんでした。

が、出立の三週間ほど前から徐々に動きが鈍くなっていきました。

それでも母の意識は周囲への気遣いから離れることなく、同時に霊妙さを以て静かに次の準備に沿っていったのではないかと、送った後で思うようになりました。

残る者達への測らいから、意識下でコントロールするかの如くあっけなく事に身を委ねるのではなく、残り僅かな命の残り火が完全に尽きるまで、丹念に五臓六腑神髄深く静かに時を刻んでいたのでしょうか。誠に、生かされている力に身を委ねて命を丁重に押しいただいていた生命体でありました。

周囲に殆ど看護の労を負わせることなく、体力の許す限り身の鍛練を怠らず、栄養にも留意してあまり食べられない状態にあっても、微量ながら命を供養するように食することを忽《ゆるが》せにしませんでした。

お骨になったとき立ち会った方は、このお年の女性としては、お骨がしっかりしていますと言ってくれました。

誠に〝家族孝行〟そして子孝行な母でした。

しかしまとめの日々、今思うと、深くなってゆく身の不調の中暗愚な娘の傍らで、辛抱、忍耐、心細さの極みにあったことでしょう。神様は、この私をどのようにご覧になるでしょうか。

丁重に神仏の霊に命の尊厳を押しいただいて、最後には禅定の境地ですべてを天に委ねて生きた母でした。

享年九十六歳。子もまた老齢であることから、これからの苦悩を感じさせぬよう平安と穏やかさのオーラを往く前から発し、私に、つらさを覚えさせぬよう霊のモルヒネを注いでいたのではないか。それ故、母に往く気配を感じないでいられたのかとの思いが深くあります。

不忠不孝の老いた娘が今ここにおります。

その時まで親族に労《ねぎら》いを

旅立つ前年の十二月末、私は年末の掃除、買い物などいつもの暮れの動きの中に過ごしていました。

老齢の女性に起こる冬のビタミン不足。水に手を濡らすことで、指、爪の際が少し割れてひびが入るようになります。私は肌の手入れの心がけが悪いのですが、利き手の親指やその他の指の部分的なことであり、それほど苦痛には思わず少し親指をいたわりながら通常の作業をしていました。ゴム手袋をしたり、染みると感じるときはテープを巻いて仕事をしていたものです。

母はまるで自分の指が痛いかのように感じたのでしょうか（そういう人でした）、十二月二十九日前後と記憶しますが、夕方、身を休めていた母が台所に現れ「どれ、手を出してごらん」と薬箱を抱えてきました。

　十二月中旬からめっきり活気をなくしていた母でしたので、私達は正月過ぎからは母の生活を、できる限りもっと安楽であるようきり換えるべく、それまで元気だった母の看取りのきり替えをいよいよ配慮せねばならない時期に至ったと感じていました。楽により健やかに過ごしてもらう手立てに心の準備をしたところでした。

　母の先を予感していませんでしたので、この冬を越えて元気を回復するものと感じていました。

　そのような事で、私は母の思いやりを受けるつもりなく「お母さんこそ元気ないのにそんなことする必要ないよ、私は大丈夫だから……」と強く辞退しましたが母は準備を始めてしまい、母の手作りのアロエ酒を含ませた脱脂綿を私の右親指に密着させ厚めのガーゼや包帯を巻いてくれました。申し訳なくも身を任せるしかない状態でした。このようなとき、老母に手をかけさせるなどあってはならぬことです。

　日頃の手早さはなく、動く手先に力強さはありませんでした。冬の寒さで風邪気味なのか活力が落ちている感はありましたが、母の様子から、例年冬に起こりがちな具合の悪さと解釈していました。母は大変命強い性根のある人で、高齢とはいえ一時的に弱っても元気に回復してきた人でしたから……。

九十三歳のとき、「百歳に届くまで生きられる」と往診の医師にも何度か言われたこともあっての不覚でした。実は周囲を労《いたわ》るどころではないのに……。

命の尽きるまで慈悲の母でした。私の母への看取りは限りなく愚かさの罪のうちにありました。

その生涯の実相

母は常に周囲の者、縁者全体の益を計る人で、我執個我には縁のない人でした。家族全体の軸足となり、バランスを取りながらその支柱の役割を果たしてくれました。

家族、縁者への配慮のもと、慈悲業を施し相手にそのありがたさにあまり恩返しさせることもなく、施してもらった恩恵への意識さえ持たせることなく消化させてしまうものでした。

母が往き二年近く過ぎた頃、私はある想念に導かれました。母の念は、気質・人格を通して覚えずして広い領域縁者の境涯に波動を及ぼしていたのではないか。本人の人生を生きただけでなく、系累、結縁に敷衍《ふえん》して代を越え大きな役を担ったのではないか、ということです。

私の知る限りの限定的な母の身に起きたことについて思念を巡らせるとき、思い至ったことがあります。

母の家系は長く続いてきた旧家であったようです。母は、そうした生家の遡る幾代々の家系の歴史、修道の世界を担う器であったのでしょうか。その道筋を厳粛に、自ずと受けて立つ立場（役割）に据《す》えられていたのでしょう。本人が自尊心を以て自覚したとか、内的な思念につき動かされたような気配は全くなく、唯、時の流れの中で日々置かれた状況、境涯に対処してきたのだと思います。日々よく努めてきた。そういうことなのでしょうか。

その働きを周囲に奥深く吸収させて、自身の存在を光らせることなく結果的に家族に大いなる貢献を果たしていました。荒れ地を開墾し、成長する若木を地面に根付かせる事業と考えます。土の下の測り知れない根茎の強靭さはどれほどであったのか。人に知られることもなく、母は家族のためのみならず家の重みや道程を消化していたことに、今、私は思い至っております。

母の身の内に、私の業《ごう》まで浄化・昇華してもらっていました。そして私達だけでなく、母の身に人生の苦を負わせた存在にも、善を以て至誠を尽くしました。悪意や報復の情念に煽られる世界を知らぬ人でした。

私の分際で母のことをこのように記すことは尊大に過ぎ、且つご専門の作家の方々にお叱りをいただくことになるかと畏れ慎みながら、述べさせていただくことを、どうかお許し下さい。

「縁ある者一人たりとも憂いの途を味わわせることなく、自ら一人で敵対する者と一騎討ちして徒労に汗を流させずに事態を治める将軍の如き母の存在」を、私は想起させられます。嫋《たお》やかで柔和、時に可憐な天女の香りを漂わせていた母。そして生きざまは芸術のようでもありました。しかしその魂の核心は、このように強堅な指導者でありました。そして怠りなく努めると共に、瞑想するような波動を周囲に注ぐ人でした。

私達の知り得るその人生は氷山の一角に過ぎないのですが、個我の念を鎮め母の生きた一生を心に投影するとき、私は、旧約聖書の古代イスラエル民族の道のり、新約聖書イエス・キリストによる真理の説き明かしの世界を、母が導いてくれた日々の遥か後方に、重ねさせていただいております。

遺されていたメモ　より

降り注ぐ黄金《こがね》の花に被われて

桃源郷に誘われけり

遺されていたメモ　より

しみじみとなおしみじみと安らけし
桃花の里に迦陵頻伽《がりょうびんが》の
彼の声はいずこに在すや
慈悲の四方に普ねし閑《かん》かな

溢れて止まぬ感謝の念をこめて
平成二十五年十二月二十四日

母

平成二十六年一月二十四日夕刻出立。九十六歳

平成二十七年十一月五日

　認定されている地において自然の息吹の中に新生。

前さきの願いに添い、お納めする。

海を眺望する県下の里山の土にしずまる。

四人の子どもの母であった。

舞台に心遊ばせて

美しい母へ

渾身の力尽くして果たされた
因に触れし者への魂の救済
広く深くしてまたしずかなり
その恩義に報いることを

ふり注がれる霊のもとに
祈りをそなえん
光の園で安らう
「わが母」の霊《みたま》に

その懐に温められし者
ひとときの命に与《あずか》りし者
うち集いて語りあかさん
木々の葉蔭にまどろんだ日々を
慈悲の涙に潤うその根方に
憩う来し方を

――記憶の時の流れに――

神様は
人間を幸せにすることしか
お考えにならない

著者プロフィール
光野 あまね（ひかりの あまね）
昭和20年、北海道帯広市生まれ
現在神奈川県川崎市在住

母の姿見 光、薫風となって

2019年7月15日 初版第1刷発行

著 者 光野 あまね
発行者 瓜谷 綱延
発行所 株式会社文芸社
〒160-0022 東京都新宿区新宿1－10－1
電話 03-5369-3060（代表）
03-5369-2299（販売）

印刷所 株式会社フクイン

ISBN978-4-286-20522-9